鬼骨
拼圖

Ghost Bone
Puzzles

鬼骨拼圖

Ghost Bone
Puzzles

鬼骨拼圖

Ghost Bone Puzzles

鬼骨拼圖

Ghost Bone Puzzles

鬼骨拼圖

Ghost Bone Puzzles

陰城血屍

夜不語 著

Kanariya 繪

CONTENTS

作者自序

最近的成都，天氣，陷入了惡循環當中。出太陽，下雨，然後又是一整天的烈日炎炎。弄得溫度高一天，低一天。我已經完全不知道該穿什麼衣服了。所以這幾天流傳起了一個神奇的笑話。說是一個穿著羽絨衣服和一個穿著短袖T恤的兩個人突然在某一條路上碰面了，兩人看到對方都是微微一愣，然後微笑著相視離開。

在擦肩而過之後，穿羽絨衣服的和穿T恤的同時大罵，白癡傻逼。

有趣的是，在成都的街頭，這樣的笑話般的場景，真的不少。我每天出門也弄得焦頭爛額，穿多了不是，穿少了也不是。

什麼時候，天府之國的氣候，也變得如此氣候惡劣，甚至一年比一年更加惡劣起來了呢？

好了，閒話就說到這裡，否則自己的發散性思維又要作祟，不知道會將這篇序扯到哪裡去了。

《鬼骨拼圖》這本書構思了很久，好不容易才寫完第一本。寫完的時候，感覺靈魂都抽空了般虛脫。

這本書並不好寫，本人也想寫出不同於上一個系列，《夜不語詭秘檔案》的風格。好看不好看，還是由大家來評斷。自我感覺，還是一如既往，挺好的。

誰叫本帥哥，自信心從來都是莫名其妙的爆棚咧，嘿嘿。（傻笑）

《鬼骨拼圖》的主線，看過第一本後，曾同樣看過《夜不語詭秘檔案》系列的讀者們，應該稍微能猜出一些。

這個系列，走的詭異獵奇的部分會更多一些，感情線和恐怖成分會稍微少一點。但是，一樣的精采，甚至比《夜不語詭秘檔案》系列更加出色。大家放心，本帥哥會一如既往的挖奇葩坑，視心情好壞填坑的。

樂山大佛隱藏的秘密；僰人懸棺的前世今生以及蘊藏多少恐怖的事實；謎一般的都江堰水利工程下，掩埋的到底是什麼可怕玩意兒！

一切的一切千古謎局，都將會在《鬼骨拼圖》中一一揭露流淌、呈現，被娓娓敘來。

既然是拼圖，那麼，大家就和我一起，將這塊散亂的圖，完整的拼接出來吧。當然，也要看我活不活得到，將這塊劇情大拼圖全部拼完的那一天。

畢竟，這本書，恐怕又會成為另一個，人生系列了吧。
誰知道呢！

夜不語

人物簡介

秦思夢：跟我同校的大四學生，校花。

周偉：大學籃球社社員。

趙雪：本是普通的大學生一枚，可是卻在某次遇到了一件可怕的怪事後，改變了整個人生。

我：我叫古塵。本書的主角。聰明也無趣的一個人，整天板著一張醬油臉。智商高，喜歡民俗，知識儲備豐富。除了耐人尋味的性格以及稍微有些冷情外，其他一切都還算完美。

陰城血屍

如果我告訴你，千年前，李冰父子修築都江堰水利工程，真正的目的其實並不是為了治水，而是有其他神秘的緣由。

如果我告訴你，四川和雲南交界處的僰人懸棺之謎，比你想像的更加恐怖。

如果我告訴你，樂山大佛其實隱藏著一個深埋了數千年的秘密。

那麼，你還認為，自己瞭解這個世界嗎？

我叫古塵，本來是個普通，有些小聰明的大四學生。但是一次意外，將我的人生徹底改變。這輩子我經歷了許許多多怪異莫名的驚險獵奇事件。現在，就讓我說一個，關於陰城血屍的故事。

楔子

一九三六年，四川灌縣。

四川大旱，除了成都平原外，各地民不聊生，饑民遍野。六月七日，灌縣保安隊長趙洪摸了摸腰桿上那把漢陽造毛瑟槍，嘆了口氣。最近灌縣湧入了許多人，持續了近六年的旱災，讓有天府之國美譽的四川平原變成了人間地獄。

成都現在尚且還有些餘糧，而灌縣得益於李冰治水，修築了都江堰後，已經兩千年沒有過饑荒水患。但現在，上游岷江的水也逐漸減少，眼看就要沒水可流入金馬河了。

「老表，聽說外面吃的喝的都沒囉，我們表叔在涪陵，只能挖些苧麻根、黃花根、豬鼻孔來充饑。」一旁的表弟周明呆呆的看著堤壩旁正在修築祭台的縣民，嘴裡有些發苦：「我們那老表都還算運氣，再遠一些就只能吃觀音土了。那觀音土吃進肚子頭，屙都屙不出來，只等到肚子脹破，死得可慘了。」

保安隊長趙洪擺擺手：「說話小心點，今天省主席劉湘劉大人要來，據說和他一起來的是劉大人請了半年，好不容易才請到的張神仙。」

「張神仙？」周明先是一愣，然後大喜：「是那個隱居在白鶴山下，得道已久的張神仙？聽說他求雨十求九靈，沒想到劉大人那麼厲害，居然能將那位早就隱居的老人家給請出山。我們四川有救了！」

趙洪搖搖頭，讀過些洋書的他根本不信啥子神仙妖怪。明眼人都知道，自從李冰父子在灌縣修築了都江堰後，四川兩千多年沒有過饑荒水患。這次雖然是有幾年沒下雨，但大饑荒最大的原因，還是軍閥割據，連年混戰。蔣介石一邊口頭上說賑災，一邊長拖慢拖。

據說這位仙人板板[1]上次來川招待紳耆時，省賑委會主席尹仲錫將災區拍攝的饑荒照片交給老蔣，老蔣閱後放在袋內。

然後？就沒然後了。

「張神仙說要在能看到魚嘴的雁壩上修六丈，共二十米高的高台，再派生肖屬龍蛇的兵丁一百名。周明，你就是屬龍的，等下你到保安處報到去。」

---

1 四川話，無意義語助詞。

在災難面前，每個人都鼓足了勁兒。趙洪看著才兩天就修了足足十八米的高台，心頭估計再過幾個小時，這個直徑十米，全部由竹子搭建的祭台就要修好了。

施法喚雨，和李冰時代流傳下來的古法治水完全是兩回事，完全沒有丁點兒科學依據。但現在人心惶惶，饑民遍地，上到官員下到民眾，每個人的腦袋都不正常。大部分的人居然真的相信雨一求，就會下下來。

「沒問題，沒問題。能近距離看看張神仙，好得很。」周明連忙興奮的點頭。突然，他附近一個穿著破爛的人走著走著就倒了下去。

周明連忙跑過去，熟練的摸了摸那人的脖子，臉色頓時黯然下來：「老表，他死囉。」

那人瘦得只剩皮包骨，明顯是餓死的。灌縣現在自身是難保，饑民湧入太多，縣政府根本不敢救濟。現在路上街上，到處都有饑腸轆轆的人，走著走著就會倒在地上，再也爬不起來。

「又死了一個。」趙洪暗罵了一聲國民政府：「你媽的仙人板板，蔣介石你要統一四川，卻又不管四川的死活。統一你媽個鏟鏟喔！」

他打量了那人幾眼，就叫周明去找一張爛蓆子將屍體裹了扔到保安隊邊上。這幾天餓死的人都丟在一堆，每三天就會運到城外去一起燒了。

周明點點頭，正準備跑開。趙洪突然發現了什麼似的，將他叫住了：「等下，咦，怪了。這具屍體好像有點兒不太對。」

「哪裡不對了？」周明疑惑的低頭看了看。

「這雙手。」趙洪皺了皺眉頭，將屍體的雙手攤開。這雙手佈滿了老繭，縱橫交錯，悚人得很：「這雙手不像是幹農活的。」

「那是，挖礦的？」周明眨巴著眼。

「也不對。幹農活的人，繭是縱向的。挖礦的人，繭是斜著的。但這個人的手，繭有的縱有的橫。怪得很，我看，他是挖老礦的。」

挖老礦是盜墓者的貶稱，川人最厭煩的就是有盜墓賊挖自己祖宗的墓。周明愣了愣：「你是說，這傢伙生前是個盜墓的？不是吧！現在吃飯都成問題，哪裡還有人要買老貨嘛。你看，這傢伙把自己都給餓死囉。」

趙洪一想，也覺得表弟的話沒錯。他習慣性的在屍體身上摸了一圈，盜墓賊的衣服單薄，裡邊什麼都沒有。但當摸到屍體的腹部時，某種硬邦邦的觸感猛地傳入趙洪指尖。

「啥子東西？」趙洪用力把屍體的衣服扯開，一張明晃晃的金屬薄片露了出來。薄片在陽光下反射著刺眼的光，他用手掂了掂，輕飄飄的，不像是金子。

「這啥子東西啊？」表弟周明也很好奇，接過去左看右看也沒看出些端倪：「好像有些年份了，上邊的字我好多都不認識。」

「應該是這傢伙從哪個墓地裡盜來的，準備揣著賣出去。但運氣不好，遇到了這年，最後活活餓死了。」趙洪覺得這東西應該是個文物，便揣進兜裡，準備過段時間上繳給國民政府。

周明見自己老表翻出了東西，也有樣學樣的摸著屍體。在褲腿附近，沒想到真的又找到了些玩意兒：「這裡還有東西。」

盜墓賊褲腿中的是一張黃紙，上邊潦草的畫了個簡易的地圖。趙洪越看越覺得有些眼熟，這不是灌縣玉壘山附近的地形嗎？他有種直覺，餓死的盜墓賊可能不是一個人，而是一個集團。

怪了，他們來灌縣幹嘛？還設定了集合地點。現在這世道，處處饑荒，不小心就會餓死。真的還有人閒得要去盜墓？

「周明，到保安隊牽兩匹馬，我們去玉壘山看看。」趙洪覺得那些盜墓賊的目的，或許不簡單。現在上頭下了死命令，必須在省主席劉湘和張神仙離開前保持絕對的太平，一絲馬虎都不行。否則，就滾回去吃自己。

那些盜墓賊始終是個隱患，必須要查查。

和表弟騎上馬，趙洪照著盜墓賊畫的集合點跑去。

這兩個人卻是不知道，那些盜墓賊確實有問題。

玉壘山在灌縣縣城的西北方，地勢不算高，因為緊挨著縣城，所以也算不得偏僻。趙洪一路上也想不通，那些盜墓賊為什麼要在這裡集合。沒聽說過玉壘山裡，埋著什麼顯赫人家的墓地啊！

趙洪和周明上山後，琢磨了地圖，將馬拴在一棵樹下，轉入了路旁的麻花稈裡。因為乾旱，往年十月才會發白的麻花稈，現在已經結出種子。棉絮般的種子被風一吹，飄得到處都是。在兩人高的麻花稈裡穿行是件痛苦的事，夏天穿得清涼，他們兄弟倆因而被葉子割出了許多傷口。

不深的傷口裡，散發出一絲淡淡的血腥。

「仙人板板，皮都裂了。」趙洪罵道：「那些挖老礦的要不給我點驚喜，我非把他們逮進保安處打個皮開肉綻。」

走了一個多小時，周明透過麻花稈的空隙，朝遠處小心的望了望：「老表，到了。」

趙洪頓時更加小心起來，他伸手一壓，將麻花稈的葉子撥開，只見不遠處的空地上，一個人也沒有。

「是不是找錯地方了？」表弟疑惑的問。

「別慌，等！」趙洪擺擺手，示意他耐心等一下。

等了十多分鐘。空地上突兀的傳來一陣沙啞的聲音：「怪了，剛才老子明明聽到有動靜。」

周明嚇了一大跳，不遠處的空地上一個人也沒有，但聲音卻從那個方向傳來。難道有鬼？

趙洪皺了皺眉頭，低聲說：「這些挖老礦的不簡單，居然挖坑把自己埋進去，這麼多道道，估計有啥子大打算。」

果不其然，空地的地面發出輕微的「窸窸窣窣」的聲音，露出五個小洞。接著，五個衣裳破爛的小個子中年人爬了出來。

當前一個眼睛賊亮，他掃視了四周一眼，奇怪道：「老四，是不是你聽錯了？」

叫老四的人聲音沙啞，尷尬的笑了兩聲：「老大，我的耳朵你又不是不曉得。靈得很，一有風吹草動就繃緊了。剛才，嘿嘿，可能真的是風吹草動。」

「媽咧！」老大敲了敲他的腦袋：「害老子躲起來。算了，不等老六了，我們現在走。」

「但是，老六還……」老四猶豫了一下。

老大嘆了口氣：「現在啥子年生，你又不是不曉得。老六現在還沒來，估計是凶多吉少了。外面找吃的不容易，我們兄弟好不容易又聚在一起。這次買賣做成了，下輩子就不愁了。」

剩下的四個人默然。他們心裡明白得很，老六想來是沒來得及趕到，餓死在了哪條路上。

「走吧。」老大招招手，當先鑽進了北邊的麻花稈中。

趙洪等他們走遠了，才吩咐道：「走，跟上去。」

他不知道的是，這一跟，就跟上了一條絕路……

五個盜墓者全部失蹤，而趙洪的屍體，也是多年後才讓一個農民在放羊時偶然找到。他的屍骨極為怪異，就躺在一個偏僻的山間空地上，經過五六年的風吹雨打，居然絲毫沒有腐爛的跡象。不但如此，趙洪周圍，彷彿有著莫大的毒性，接近十米方圓，完全寸草不生！

七個人，只剩下周明還活著。但是他活著和死了也差不多。

因為周明——

瘋了！

被人尋回來的時候，周明嘴裡都咕噥著令人驚悚的兩個字「血屍」！

血屍究竟是什麼？他們到底發生了什麼事，徹底湮沒在混亂的時光當中。

再無痕跡！

第一章◆恐怖的郊遊

過隙白駒，七十七年後。

渡邊淳一的《失樂園》中曾經提到過：「愛是自私的，尤其是我們這個年齡，不傷害別人，很難獲得幸福。」

不錯，愛，確實永遠都是自私自利的。無論年紀多大，只要荷爾蒙還在分泌，那麼就逃脫不了愛情這朵盛開的罌粟花。

我叫古塵，挺古怪的一個名字。和我的名字同樣古怪的，是我的性格。同學們說我冷漠、沒良心，但卻很可靠。

或許真的是如此吧，我智商高，情商差。可令人糾結的是，如果一旦有朋友遇到了感情上的問題，卻總是會找我解決。這個連吐槽點都不知道在哪裡的決定，真讓人不知道這些所謂的朋友究竟是以什麼作為參考。

總之，我被一個叫周偉的朋友在禮拜日的早晨，硬是從舒服的被窩裡拉出來，說要去郊遊。

郊遊你妹啊！

本人昨天看博物學方面的書籍看到凌晨兩點半，那傢伙居然早晨六點就跑到我租住的公寓門口，大叫我的名字。這混蛋還讓不讓人活啊！現在的社會越來越扭曲，人類的世界觀也越來越變形。

一大早一個長相不太差的雄性使勁兒敲著門大喊另一個長相更加不差的男性的名字。不是討債的，就是有玻璃和百合向，涉及到了礦物加工業和植物學研究領域的性傾向。所以，八卦的鄰居們紛紛半遮半掩的將門拉開一道縫，流著口水看熱鬧。

我實在忍不住了，只能無奈的從舒服的被窩裡爬起來，不爽的下了床。

周偉失戀了，應該說正在失戀中。所以他想做最後一次的努力，糾集了一大堆狐朋狗友，約女友外出郊遊。

狐朋狗友是說客。而我這個號稱本世紀最理智的人，是在說客撬動周偉女友的神經後，分析分手利弊，壓垮女友的理智，徹底斷絕分手心思的重要籌碼。

不得不說，這個在球場馳騁的陽光男，也沒有傳說中那麼的智商低下。又或者智商低的人，情商普遍都不差。

坐著周偉租來的小車，我們朝西郊開去。沒過多久，城市景觀逐漸消失，距離玉壘山也越來越近了。車上塞了五個人，都是周偉籃球社的夥伴。或許是一大早打了籃球沒來得及洗澡，整台車都瀰漫著汗臭味。

我皺了皺眉頭，沒說話。

周偉心事重重的開著車，狹窄的山中小道在他恐怖的駕駛技術下，弄得我有些膽戰心驚。實在忍受不了車廂裡的汗味以及沉默，我開口問：「周偉，你女朋友是誰？」

說起來，我跟周偉其實不過是泛泛之交，吃過幾次飯，聊過幾次天。如果今天不是他像狗皮膏藥般貼在我家房門上，自己肯定不會答應他當說客。何況，我是真不知道他的女朋友是誰。

「是秦思夢。」坐在後排中間的李昌替自己的哥們回答。

「秦思夢！」我的眉頭皺得更緊了，甚至有些驚訝。

居然是她。

秦思夢的名字，在我所在的大學幾乎是無人不知無人不曉。她是學校當之無愧的校花，沒有之一。這個女孩性格冰冷淡漠、少言寡語。我和她沒什麼交集，說過的話寥寥無幾。但她的美，倒是傳遍了春城附近的所有學校。

「行啊，周偉，你保密工作做得挺好的。我都不知道她有男朋友。據說追她的人，可是能將三環路圍一圈呢。」我笑著道。

周偉撇撇嘴，沒說話。

我看著他的表情，總覺得哪裡有些不太對勁兒！

車在盤山公路上繞了一圈又一圈，朝山頂的水庫上方駛去。濃濃的森林氣息因為鄰近山頂的緣故變得淡薄起來，山坡開始出現走山遺留下來的痕跡，草木不生，只剩荒涼。

過了水庫的大橋，車總算是停了下來。

我打開車門從副駕駛座走下去，一陣涼風吹過，讓我不由得微微發抖。

「這郊遊，也太遠了吧！」我裹緊外套。初夏了，山頂仍舊很冷。向東邊遠眺，甚至能看到皚皚白雪的四姑娘山。

今天的天氣，真是好得出奇。

「是郊遊的好天氣。」李昌嘿嘿笑了兩聲，向後方看了看。這條路很少有人行駛，僻靜得很。水面寬廣的岷江被水壩攔截在公路左側，只留下平靜無波的江面。而右邊，便是莽莽森林。

這森林人煙稀少，被當地人稱為不祥之地。怪了，既然是為了挽回校花女友的心，幹嘛開車跑幾十公里特意到如此偏僻的地方？春城附近山明水秀的地方多的是。

我益發疑惑，但並沒有發問。人家將女友約到這兒，肯定是有他的道理。

車上的周偉等人下車後，抽菸的抽菸，發呆的發呆。我拉著憨厚的李昌擺了幾句龍門陣，這傢伙真的只跟我說了幾句，然後便沒話好說了。我無聊的想撞腦袋，幸好沒等多久，前邊又開來了一輛紅色小車。

「她們來了。」周偉精神一振，朝車子揮了揮手。

紅色的小車緩緩停在路邊，車上走下了四個女孩子。秦思夢鶴立雞群的站在女孩子中間，穿著一身白洋裝，白洋裝外套著桃紅色針織小背心，清新得如同一朵白蓮。另外三個女孩，也算是我的熟人，都是學校裡有名的美女。

「小古也來了？」走在最右邊的李欣和我同系，她抬手跟我打招呼。

周偉瞥了秦思夢兩眼，兩人像陌生人似的，根本沒有交談。我注意著他們倆的表情，心裡的疑惑越來越多。這兩個人，究竟是怎麼回事？小倆口的冷戰？

不對，有些不太像！

「都到齊了，我們去郊遊吧。」周偉興奮道：「張明，後車廂裡有郊遊的東西，我們四個辛苦些，揹上去。」

張明點點頭，一聲不吭的打開後車廂將四個鼓鼓脹脹的登山包抬了出來。那些登山包很沉，每個都足足有三十多公斤重。四個壯碩的籃球隊隊員一人一個，揹到了背上。

「走吧。」周偉掏出手機似乎在看地圖，他走在最前面帶路，走過四個女孩時，仍舊沒有看秦思夢。眼神反而飄到了李欣的臉上。

李欣不露痕跡的微微點了點頭。

將這一切都看在眼裡的我，瞇起眼睛。事情越發怪異了，周偉真的是秦思夢的男朋友？他真的想藉郊遊跑來挽回女友的心？

我從來都不是喜歡事情脫離自己掌握太遠的人，哪怕自己不過是隨便請來的說客。本想走過去找周偉問清楚，但李欣卻插進隊伍，將我攔住。

「小古，最近你民俗學研究得怎麼樣了？」李欣用閒話家常的語調問。但從她的聲音裡，我卻聽出了一絲不尋常。

「還好，挺順利的。」

不對，這次郊遊，似乎有問題。

我不動聲色的回頭看了停在路邊的兩輛車，本想乾脆回家算了。但這一行九個人，每個人都興高采烈，至少裝得興高采烈。想來是沒人會送我回去。況且，這條路的位置偏僻少有車輛往來。思來想去，也只能跟著他們走，看周偉和李欣到底葫蘆裡在賣什麼藥！

上山的路很崎嶇，全是老舊的石板。青石板散發著古老的氣息，古時候的茶馬古道據說有一部分就是在這裡交會的。說不定腳下踩著的石板，有的已有數千年的歷史。

昨天下了點小雨，石板有些滑，我發現每個人都穿了登山鞋。只有我是健走鞋，經常打滑。這讓我更是小心翼翼。

因為這意味著周偉早就跟其餘八人說過郊遊的事，只有我，是他今天臨時找來的。郊遊，在眾人的沉默中，瀰漫著詭異的氣味。走了大半個小時，總算有個女孩受不了，停下了腳步。

「休息一下吧。」腳痛的張曼叫苦不迭：「話說周偉，我們為什麼非要到這麼偏僻的地方郊遊啊？」

周偉笑得有些神秘：「等會兒妳就知道了。」

我現在總算是徹底清楚了。周偉這混蛋說什麼和秦思夢是情侶，想要挽回她的心，找我當說客，都是你妹的扯淡。

郊遊只是幌子，其中不知道究竟隱藏著什麼秘密。

大家找了個還算寬敞的平台稍作休息，本來還沉默的眾人，開始七嘴八舌的說起話來。不知不覺中，不知是誰起的頭，突然聊起最近發生的怪事！

「你們知不知道，我們學校，有個叫趙雪的同學死了。」張曼壓低了聲音，神神秘秘的說：「據說死得很慘。」

李欣連忙點頭：「趙雪和我還有古塵是同科系，她死的時候，我和小古都看到了。真的用詭異來形容，都有些形容輕了。」

趙雪這個人我知道，她的死因，也確實很難解釋。哪怕是理智如我，也對她的死亡充滿了迷惑。或許是鬼故事以及都市傳說最容易吸引人類的注意力，很快，所有人都加入了討論中。

「趙雪死之前，我跟她還說過話，吃過飯呢。」李昌悶聲的說：「挺好一個女孩，但就是太喜歡看靈異小說了，結果看到走火入魔，突然就說自己看到鬼。」

我搖了搖頭：「這個世界上哪有什麼鬼！」

「不錯，我也不信有鬼。」張曼用力點頭：「但是趙雪的事，太可怕了。至今我都還在做噩夢。大家都有頭髮，頭髮這種東西，也挺普通的對吧？」

眾人看著她，不知道張曼為什麼突然提到了頭髮。

「但趙雪的死因，似乎是和頭髮有關！」張曼的語氣更加神秘兮兮了：「她和我因為寢室離得近，所以比較熟。一個禮拜前，她就神經兮兮的說自己被頭髮纏住了。」

「頭髮？」我愣了愣神，這說法倒是第一次聽到。自己本身就對詭異的事很有興趣，不由得便豎起了耳朵。

「不錯，是頭髮。」張曼打了個冷顫：「這是趙雪親口告訴我的。大概一個多月前，她回過一趟老家。據說她老家就在這附近的一個小村子裡，村子只有一家很小很小的小雜貨店。七十多年前的民國期間，最為動盪。因為四川兵荒馬亂的餓死了許多人。而餓死的人，大都埋在村子周圍，於是趙雪的老家至今都被稱為亂墳村，被人叫做不祥之地。

「許多人對亂墳村有忌諱，跟村裡人能不來往，也儘量不來往。所以亂墳村幾乎與世隔絕了幾十年，最近才回歸社會的。」

張曼緩緩講述著，「亂墳村唯一的小雜貨店，就是趙雪家開的。她回家後，聽到老媽長吁短嘆。仔細一問才知道，原來家裡開的小雜貨店本來就是小本生意，只能貼補家用，賺不了多少錢。可最近發生了一件挺恐怖的事，賣雜貨的錢每天都會莫名其妙的少一些。而且錢箱底下還會出現黑黑的灰燼。」

有恐怖故事聽，而且主角還是同校同學，所有人的注意力都更集中了。不知不覺間，山風，刮得越發猛烈起來。

「那灰燼，不會是冥紙燒過之後的灰燼吧。許多恐怖故事裡都有這種情節。」張明接口道。

張曼白了他一眼：「聽我講完，絕對不是冥紙。比冥紙恐怖多了！趙雪愛看恐怖小說，自認膽子也大得很。所以安慰了驚恐不安的母親，讓她歇息一天，第二天自己來看守小雜貨店。母親拗不過她，只好答應了。

「亂墳村的人口不多，所以村民間互相熟識。那天來買東西的趙雪也都認識。明明一整個白天都沒有絲毫問題，可是到了晚上，詭異的事情還是發生了。錢果然少了十多塊，而且錢箱下真的有一些細細的黑灰，那些灰很細，沒有任何氣味。

「趙雪覺得奇怪，她用兩根手指捏起一小撮黑灰，在手指尖搓了搓。這時，可怕的事情發生了，那些黑灰竟立刻就消失得無影無蹤，彷彿融化了似的。趙雪被嚇了一大跳，到處找也沒有再找到黑灰的蹤影。就連箱子底下剩下的灰燼，也詭異的不見了。

「這妮子不敢跟自己的老媽說，怕媽媽擔心。可是第二天開始，她的身體就出了問題。那些黑灰總在她腦袋裡揮之不去，而且右手曾經捏過黑灰的兩根手指，也不知道是不是錯覺，總覺得似乎皮膚表面變黑了些。」

張曼頓了頓：「趙雪越想越怕，她問母親從前收下的黑灰有沒有留著。媽媽指著房子後邊的一棵樹說：『哪敢留下，早埋到樹下了。』她連忙去樹下挖，結果什麼都沒有找到。」

「越聽越玄了。」我搖了搖腦袋，不太信。這完全是都市傳說嘛！大凡都市傳說，都蒙著一層鬼故事的皮，骨子裡卻是赤裸裸的刑事案件。

「我講的都是趙雪告訴我的，比珍珠還真。」張曼瞪了我一眼：「之後發生的事情，完全出乎趙雪的預料。在亂墳村待了幾天，期間趙雪一直都在找黑灰到底是什麼的答案。但是自從那些黑灰在她指尖上消失後，小雜貨店就恢復了正常，再也沒發現少過錢了。

「她帶著滿肚子的疑惑回學校。隨著日子一天天過去，趙雪發現右手兩根指頭的顏色，真的越來越黑，絕非錯覺。她給我看的時候，我也嚇了一大跳。她的手指變得像泡過墨水般漆黑，而且骨節也開始扭曲變形。」

我小聲咕噥了一句：「如果缺少維生素B，會導致造血困難，血中含氧量不足，就造成手指表皮發黑。」

張曼悶悶的停止講述，用力瞪了我一眼，「小古，我早就聽說你是懷疑論者。那，你看看這張照片，該怎麼解釋？」

說著她掏出手機，找出某張照片給大家看。照片裡的人赫然就是死去的趙雪，原本清秀的臉龐疲憊不堪，深深的黑眼圈暴露了她許久沒有睡過好覺。趙雪在照片中將右手抬起來，露出了大拇指和食指。

頓時，看到照片的人全都倒吸了一口冷氣。我甚至頭皮都開始發麻。

只見趙雪的兩根指頭上，OK繃被扯開，露出了兩截焦炭似的東西。這，絕對不是用油墨畫上去的。她的指頭彷彿被高溫燒焦，骨頭怪異的扭曲著。表皮皮膚甚至順著指紋裂開，露出白森森的指骨和血肉模糊的嫩肉。

「好可怕！」女孩們全嚇得哆嗦起來，連忙移開視線。

「最可怕的不是肉體上的折磨，而是精神上的。手指變焦炭後，裡邊的肉也開始腐爛。前段時間學校裡不是有流言說不知道哪裡死了小貓小狗，惡臭四溢嗎？其實那股爛肉似的臭味，就是從趙雪身上散發出來的。」張曼問道：「還想繼續聽嗎？」

「聽！當然聽！」雖然害怕，但眾人的好奇心還是佔了上風。

張曼笑了兩聲：「那注意了，後邊的情節可有些兒童不宜，怪噁心的。趙雪只給我看過她的手指，平時那兩根指頭都用OK繃遮著，有人問也是打哈哈敷衍過去。她說，雖然指頭模樣可怕，但自己並沒有任何痛的感覺，想來是已經壞死了。她也曾去醫院看過，每個醫生都一臉大驚失色，卻檢查不出個所以然。

「於是趙雪只好去春城最大的華東醫院。醫院的化驗結果出來後，趙雪一看，差點暈過去。」張曼說：「化驗結果是，趙雪中了毒。是一種難以化驗出成分的毒素，即使最有經驗的醫生也不清楚治療方法。但和毒素一起檢驗出來的，還有一種只在人類的頭髮中才有的物質。

「醫生建議趙雪做一次完整的檢查。趙雪沒有同意，她的家境並不富裕，付不起昂貴的檢查費用。就這樣她回到學校，思來想去，準備再次回老家找找自己究竟是怎麼中毒的。

「趙雪覺得，自己中毒的根源，應該就是錢箱中的那些黑色灰燼。但自己的母親摸了好幾天也沒問題，為什麼偏偏她一接觸，就化進手指的骨肉中？那只屬人類頭髮的物質，到底又是什麼？難道，那些灰燼，其實是頭髮的灰？可是為什麼人類的頭髮，會有未知的毒素呢？

「況且，究竟是什麼毒，居然能把自己弄得人不人鬼不鬼，整隻手變得恐怖駭人？

「最讓她覺得奇怪的是，進入身體的黑色灰燼不過只有一小撮。剩下的都哪裡去了？」

第二章◆詭異的趙雪

趙雪對自己身上發生的詭異百思不得其解，而聽故事的我們，也同樣疑惑起來。山脊上的風刮得越發涼颼颼，像是無數冤魂在嘶吼。

有幾個女孩覺得毛骨悚然，不由得彼此靠近了些壯膽。我的大腦也在飛速運轉著，消化張曼的話。不過張曼並沒有停止講述。

「趙雪思考了好幾天，這種事她沒辦法找別人討論。之所以告訴我，也只是因為我偶然在洗手間看到她清洗傷口，被嚇慘了。」張曼似乎在回憶第一次看到趙雪那露出骨頭、指肉潰爛的手指時的恐懼。

「之後，她的潰爛越來越嚴重，而且逐漸從手指蔓延到手掌、手腕，一直朝心臟延伸過去。趙雪開始慌了，本來想儘快回家找母親拿錢治療。但她母親看到趙雪已經爬到腋窩的漆黑潰爛，還有那股驚人的腐爛氣味，頓時也慌了神。大驚失色的說趙雪中了邪，醫療是沒用的。於是在亂墳村請了個很出名的陰陽先生作法驅邪。

「想來驅邪也沒什麼用處。陰陽先生說沒事後，就讓趙雪回去上學。但趙雪一到學校，卻發現身上的黑色素竟以更快的速度蔓延。整隻右手都失去了知覺，無法控制，還散發出驚人的屍臭，若不是同寢室的幾個室友都有男朋友，不常回來，不然早就鬧開了。

「可是那股臭味根本難以隱瞞。趙雪睡過的床單，穿過的貼身衣物，都殘留著焦黃色的噁心黏液。那些黏液是腐爛的肉中流出的膿，同樣散發著恐怖的臭味。每個經過趙雪寢室的人都會受不了捏著鼻子，屏住呼吸小跑離開。

「最後，有人告訴舍監趙雪寢室裡有人養寵物，而且寵物死了也沒有處理，都腐爛了。舍監這才去敲趙雪的寢室門。當時趙雪整個人都要崩潰了，絕望的情緒充斥，她痛不欲生。」

張曼頓了頓，有些黯然，「趙雪被送去醫務室，你們也知道醫務室的校醫技術差勁得很。那時她身上腐爛焦黑的地方已經用白繃帶纏了一層又一層。當校醫將趙雪的繃帶剪開時，整個人都嚇得險些失禁。

「之後的事情，大家也都清楚吧。趙雪在醫療室待了一整天，學校一直在幫她聯絡適合的醫院。我也抽空去看過她。那時候的趙雪，精神狀態極差！我離開後沒多久，她便跳了樓！」

張曼講完後，長長嘆了口氣，也不知道是為趙雪嘆息，還是包含著別的什麼感情。總之，她的臉色很複雜。

大家都有聽說趙雪是跳樓死的。但卻不清楚裡面居然有如此大的隱情，紛紛露出難以置信的驚訝表情。

李昌悶聲悶氣的道：「所以，趙雪最終是忍受不了身體的腐爛變異，自殺的？」

「自殺？」李欣冷笑了一聲，搖搖頭：「就我所知，恐怕不是。」

張曼驚訝的看了她一眼：「妳也知道趙雪的事？」

「妳講的，我倒是不知道。可是她死前和死後的事情，因為同個系的緣故，倒是多少知道一些。而且小古，你不是親眼看到趙雪跳樓嗎？那時候的詭異情況，你應該也看到了，對吧？」李欣緩緩道。

我渾身一顫，最終還是微微點了點頭，表示自己確實知道。

張明接著說道：「我也有看到趙雪跳樓，但因為忙著比賽，沒太在意。事後有聽過一些傳聞。難道那些傳聞都是真的？」

「比珍珠還真。」李欣用肯定的口氣說：「只是學校下了封口令，警方也同樣不准目擊者亂說話。所以至今很多人都不清楚真相。」

「一個人自殺了，也就自殺了。還能發生什麼？」秦思夢忍不住開口問。

「對於其他人而言或許是如此。但趙雪的死，不太一樣。」我撓了撓腦袋，苦笑。

李欣也點頭，「沒錯。都想聽嗎？總之這裡離學校遠，大家聽了之後，可不要亂傳出去。」

眾人的八卦心大起，連忙點頭。趙雪的死在學校裡傳得沸沸揚揚，疑點重重。版本也有無數個。能夠最大限度的接近真相，令許多人興奮不已。

恐怖怪談，果然能大幅激起人類的好奇心。

「當時是下午三點左右，我們系有好幾個人在體育場打籃球。因為有一場籃球友誼賽，所以指導老師要我們去幫認識的球隊成員加油。對吧，周偉，你們當時就在球場上。醫務室離你們打籃球的地方不過十幾公尺。」

周偉心事重重的，沒有搭腔。

「就在籃球賽打得如火如荼時，突然看到八樓的玻璃碎了。碎玻璃如雨點般落下，沒等球場上的人反應過來，窗戶裡有個黑影一閃，跳了下來！」

李欣默默說著。隨著她的講述，我的記憶，也回到了刻骨銘心的那一天。

那天，我確實在場。自己對籃球賽不感興趣，甚至可以說，對任何體育活動都沒有興致。我只喜歡看書。不過隨波逐流也是我的個性。既然老師已經宣佈停課要我們系的人去幫周偉的籃球隊加油，我便捧著幾本書去了。

整個體育場都很吵，喝采聲、噓聲、掌聲交匯成一片。但這仍舊無法掩蓋玻璃破碎的聲音。

所以耳朵裡竄入異響時，我第一時間抬起了頭。

從八樓掉落的玻璃碎塊反射著下午烈日的刺眼光澤，隨著玻璃落地，一個苗條的身影緩緩的從醫務室的窗戶裡探出了腦袋。

哪怕自己的眼睛很好，但仍然看不到那女孩的模樣。但她接下來的行為，讓我嚇了一跳。那個女孩，明顯是想跳樓！

女孩的動作緩慢而僵硬，一點一點的將自己的身體塞出窗戶。為什麼要用「塞」這個字？因為女孩身體的關節，似乎無法打直。所以動作給人一種十分難受的彆扭感。

「有人要跳樓了！」身旁顯然也有人注意到那女孩，他只來得及大喊一聲。醫務室內的女孩已經跳了下來。

「該死！」我大罵一聲，連忙扔下書就往她跳樓的地方跑。許多人也跟著我跑了過去。

到達時，大家不約而同的倒吸了一口冷氣。一個只看得到後腦勺的女生趴倒在地上，女生的姿勢很怪異，呈大字形，手腳繃直。隱約記得跳樓前她也是同樣的姿勢。這讓我覺得非常奇怪，人類的身體構造顯然是不可能在跳樓時持續繃直的。何況在摔破了腦袋已經不受大腦控制的情況下。

醫務室的下方是混凝土地面，八層樓大約二十四公尺，頭朝下掉下來活著的可能性基本為零。

「快報警。」我一邊大吼，一邊衝過去，用手摸了摸女孩的脈搏。脈搏已經停止了。女孩，死了！

靠近女孩屍體的那瞬間，一股濃濃的惡臭味襲來，嗆得我險些喘不過氣。女孩脖子上的皮膚觸感，也讓我詫異。指尖殘留的感覺，像是堅硬的鋼鐵，沒有任何溫度。可她明明是在我眼皮子底下跳樓的，屍體怎麼可能立刻就僵硬了？

何況，正常人也不可能在不到兩分鐘的時間裡就完全失去體溫。眼前的屍體跟我所知的常識完全搭不到一塊兒，弄得我愣在了原地。

跳樓的女孩腦袋破了，白花花的腦漿從破裂的頭殼中緩慢流出。那不知名的惡臭味，頓時更加濃烈。圍上來的同學紛紛嫌棄的捏著鼻子離遠了些。

很快學校老師便衝了下來，發生了跳樓事件，連校長都被驚動了。那老頭氣得渾身哆嗦，指揮老師將圍觀的人趕走，只留下幾個最先趕到屍體旁的學生瞭解情況。

我就是被留下的其中一人，可接下來的事，完全超出了本人的想像。

李欣，我記得她似乎也被留下。當時她看到屍體，噁心的捂著肚子吐了又吐。跳樓者趴伏在地，老師們想要將其翻過身看看到底是誰。可這具女孩子屍體明明身形嬌小，看起來或許只有四十多公斤。但三個男老師硬是沒能將她翻過來。

都說屍體死沉，而她的屍體更是極為僵硬，手腳怎麼掰都掰不動。最後沒法子了，老師們也沒再動屍體。直到救護車和警車一起趕來。

來的是一個年輕醫生，他檢查了跳樓者的身體後，臉色「唰」地變了幾變。疑惑的問我們：「我個仙人板板，你們確定她是自己跳樓的？」

我點點頭：「親眼看到的。」

「怪了，怪了。咋個可能嘛！」操著濃重四川話的醫生不太信的繼續搖頭，見警方也已經檢查完畢，便要護士將屍體裝入屍袋中。

女孩的屍體四肢僵直，就算經驗豐富的護士也沒法將其裝入袋。想要直接抬到擔架上，結果又和剛才老師們遇到的情況一樣，無論如何都抬不動。

屍體，出乎意料的沉。

最後還是七八個人聯手才艱難的抬起。想把屍體翻過來是不可能了，眾人只好讓她趴著放上了擔架。整個擔架只是承受一具屍體的重量，推動時卻咯吱作響，彷彿隨時都會散架。直到放入車中，所有人才鬆了口氣。

幾個警察翻著記事本做筆錄，跟我們每個人都核對了一次細節，本來弄完後就準備讓我們離開的。就在這時，突然發生了一件可怕的事。

放有屍體的救護車，猛地搖晃了一下。

車上沒有任何人，大家詫異的望過去。只見大開的後車門中，擔架床上的屍體似乎有些移位。

「咦，她明明就關節鎖死，肌肉僵硬了，神經咋個還有自然反射？」年輕醫生怪叫道。他一邊說，一邊朝屍體走過去，伸手摸了摸。

「肌肉還是硬的，皮膚都僵了，沒有反射條件啊。」醫生咕噥著，猛地屍體又動了一下。

車體再次劇烈晃動，醫生仍然愣愣的把手放在屍體的大腿上，顯然已經被嚇傻了。

「不，不得哦！沒得那麼凶的哦！」醫生有些不踏實，乾脆將屍袋的拉鍊拉開一些。頓時，他嚇得尖叫一聲。

隨著他身體跌坐下去，我們也看到了屍袋中的景象。一張臉，一張血肉模糊的臉躍然眼中。

那張臉很恐怖，五官已經扭曲變形，面部皮膚猶如剝開了表皮的西瓜，只剩駭人的猩紅。我實在無法描述這張恐怖到極點的面容。一個跳樓死掉的人，怎麼會變成這副鬼模樣？

不對，我明明記得裝屍體進去的時候，是趴著的。現在怎麼臉已經朝上了？

被嚇得一屁股坐地上的醫生感覺屍體又沒了動靜，大罵一聲：「這女孩癩疙寶[2]變得嗦，到死了都戳一下，跳一下。」

他拍拍屁股坐起來，屍體竟也在同一時間坐起。嬌小屍體上那張沒有皮膚的臉，正好和醫生面對面。

屍體的眼睛也睜開了，裡邊充滿血絲，猩紅一片。竟然找不到瞳孔。

2 癩疙寶：川話，癩蛤蟆。

「哇，鬧鬼了！」醫生嚇得大叫。圍觀的眾人只感覺手腳冰冷，完全不敢動彈。屍體那沒有眸子的眼同樣沒有焦點，似乎看不到人。但是我接觸到它的眼神後，心臟猛跳不止。

像是被獵食動物盯住了似的。人類所謂身處食物鏈頂端的自大感，在此刻頓時顯得微不足道。

屍體活了？跳樓女孩的屍體居然活了！

這你妹的到底是怎麼回事？還是說女孩其實根本就只是假死！

「躲開！躲開！」兩個警察手忙腳亂的掏出槍，眼前的事早已經遠超出了他們的訓練範圍。只好舉槍壯膽。

槍口對準面容可怖的女孩，卻怎麼都沒膽子扣下扳機。

女孩屍體一跳一跳的從車上跳下來，每跳一下，地面似乎都在發抖。同樣發抖的，還有我們的心臟。

已經分不清楚她是人還是鬼了。僵直的屍體一把抓住醫生，將擋路的他甩得老遠。警察終於在恐懼的驅使下開槍了，每一顆子彈都打在屍體上，直到將槍中的子彈傾瀉一空。

清脆的連串槍響居然沒有讓屍體停下，甚至無法令它後退一步。它逮住其中一個學生，在她脖子上咬了一口後，手腳僵硬的蹦跳著，帶著那個不知生死的學生往操場南角跳去，很快就消失得無影無蹤了。

剩下的人眼睜睜的看著屍體離開，沒有一個人敢追，大家全身都沒了力氣。哪怕膽大如我，心底深處都冒出一股劫後餘生的慶幸。

「當時真的嚇死了！」李欣嘆了口氣：「以為一定會死的，幸好那血淋淋的屍體只咬了一個人後就對剩下的人沒了興趣。不然還真不知道會變成怎樣！」

聽完趙雪的事，所有人渾身都涼颼颼的，一臉驚恐。

「李欣，妳少胡說八道哦！」孫斌打了個冷顫：「這根本就是恐怖故事嘛。妳說的是真的？趙雪跳樓自殺後，屍體沒有送去殯儀館。而是活了過來，咬死一個人後，居然還跑了？」

李欣聳聳肩：「你不信，自己問古塵。他也是目擊者。」

所有人都看向了我，他們的眼神裡滿是希望我否定的期待。我苦笑著，最後還是點了頭：「不錯，趙雪的屍體，真的神秘失蹤了。我，沒法解釋！」

秦思夢打了個冷顫：「我說，你們講這麼可怕的事。還讓我們怎麼敢回學校上課，誰知道趙雪變異的屍體，會不會還留在學校的某個角落？」

這句話令眾人陷入了長長的沉默中。

是啊，趙雪的屍體究竟為什麼會復活？又為什麼像殭屍般蹦跳著咬人？最重要的是，它到底是不是還在學校裡藏著？

我本人在趙雪失蹤後，也大略的收集過一些線索。春城的警方雖然不信兩位當事警察的報告，但仍舊派出了大量的人手搜索屍體。

只是那具屍體，至今，也還沒有被找出來。

周偉見時間差不多了，拍拍手道：「好了好了，大家也休息夠了。我們繼續爬山吧。」

「話說，周偉。這場郊遊的目的地到底是哪兒啊？」張曼好奇地問：「你只說要郊遊，讓我們換雙好鞋子。神秘兮兮的。」

「還是那句話，到了就曉得了。」周偉仍舊一臉神秘。

我們一行九人，在他的帶領下繼續向山上爬。古道越來越狹窄，也越來越荒涼。幾乎快進入完全沒有人煙的地方。

大家一邊爬，一邊繼續擺龍門陣。不知不覺間，趙雪的事情，再次被提起。

「聽到李欣對趙雪屍體的描述，我恍惚想起一件傳聞。老傳聞了。」同是籃球隊的錢東突然開口道：「那時候，大約九五年吧，春城郊區不是在鬧殭屍嗎？還有誰記得？」

「記得，記得。」李欣連連點頭：「我是春城本地人，當時鬧得沸沸揚揚的，人心惶惶。」

「這裡邊只有妳跟古塵是本地人。」秦思夢捋了捋黑色秀髮，明眸望向我：「古塵，聽說你書讀得多，對民俗學也有研究。應該知道九五年的殭屍事件吧？」

「約略知道一些。」我輕聲道。

大家頓時有了興趣，紛紛慫恿我講來聽聽。

我咳嗽了一聲，只好答應：「其實九五殭屍案，硬要說的話，出現的不是殭屍，而是血屍。」

「血屍？」幾個膽小的女孩縮了縮脖子：「殭屍和血屍有什麼不同嗎？」

「從生理和傳說來看，都不同。殭屍是傳說中的怪物，世界上哪可能有。但血屍就不同了！」我耐心解釋道：「通常來說，血屍的形成，有自然原因，也有是人死前的狀態造成即使埋入土中，都不腐不爛。」

李昌甕聲甕氣的問：「這不就和殭屍差不多嗎？」

「還是有不一樣的地方。例如傳說中殭屍有皮膚，但血屍的皮膚會在它死後不久脫落。歷史上有記載的血屍，其實挺多的。不過沒有一個會屍變，然後突然跳起來，所謂屍變，全是人類出於對死亡的恐懼而杜撰的。是迷信！」我撓了撓腦袋，沒有將自己知道的全部講出來：「算了，這個很難解釋。總之你們只需要知道，血屍的出現是有科學根據的。還是繞回去講九五案吧。」

秦思夢等人點點頭，一邊爬山，一邊聽。

所謂九五案，確實有過，甚至轟動了整個國內。

第三章 ◆ 九五殭屍案

這要從一九九五年的四川講起。

當時的老春城人都知道，那年發生了一件震驚全國的事件——鬧殭屍。

據說府河剛整治完的頭幾年發生不少落河意外。但那時候河水並不深，水也不急，可偏偏還是有許多人不小心掉進水裡淹死。之後突然有一天，春城盛傳府河中爬出殭屍，越鬧越大，最後連電視台都跳出來闢謠。

據小道消息稱，其實那些屍體不是府河裡淹死的人，而是從上游漂下來的。把屍體打撈上岸後發現所有屍體上都有嚴重的灼傷痕跡，不知是生前被燒過，還是死後被燒屍。最顯眼的是，每具屍體都沒有皮膚。如同皮膚在死後被什麼人殘忍的剝掉了！

有關部門派人調查。不過調查不出什麼結果，最後只好不了了之。

民眾也因為這件事譁然了很久。

當年我才三歲。但殭屍的傳聞甚至傳到了春城郊縣我哥哥就讀的小學裡。長大了一些後，哥哥還經常跟我講那天的事。

那天早晨哥哥剛進教室，就聽到班上大部分的學生聚集在一起竊竊私語，他們沒有像往常一般急忙抄著成績優秀同學的作業，而是每個人臉上都帶著恐慌感，彷彿出了什麼大事。

好奇的哥哥湊過去問了一句，立刻有熟悉的同學活靈活現的向他闡述起據說是前幾天發生的事：

春城市考古隊在武侯祠附近挖到一座古怪的清朝古墓，裡邊有三具長著白毛的古屍。由於監管出了點差錯，三具古屍居然一夜之間不翼而飛！幾天後，春城周圍傳出有殭屍在夜間出現，被人看到的傳言。

那些殭屍專咬人頭，沒被它們當場咬死的人過一宿也屍變了，還咬了警局的法醫。最後事情越鬧越大，終於驚動了駐春城的某部隊，軍隊指揮出動一整排的化學兵，用火焰噴射器燒死了大部分的殭屍。

但哥哥身旁的另一個女同學張口又是另一種說法，她說聽自己姥姥講，殭屍來自青城山九老洞，由於那個九老洞附近經常會發現古墓，所以當地政府並不將其當作景點對外開放。考古隊挖掘一座古墓時，在洞裡找到許多白骨，有動物的也有人的，骨頭甚至還有些新鮮。

總之，鬧殭屍的事情傳得沸沸揚揚、言之鑿鑿。整個早晨，整間學校，乃至整個春城以及周邊都陷入恐懼中，彷彿殭屍就在身旁似的，夜路都不敢走。害怕路上有殭屍從小巷子裡跳出來，咬住自己的脖子。

喜歡民俗，而且好奇心旺盛的我，許多年後陸陸續續的收集了一些關於這方面的傳聞版本。雖然還小，但生性聰明冷靜的自己已經稍微能夠分辨出一些東西來。所謂的屍變，不可能存在。只是愚昧的人以訛傳訛罷了。

最可靠的一種說法，還是聽比自己大許多的一個朋友講的，他說九五年的某一天，他老爸嚴厲警告他最近晚上不要出門，說有民工在炸礦山的時候，挖到了一口棺材。那口棺材很奇怪，明明是木頭做的，卻硬得像是頑鐵。費了九牛二虎之力打開棺材後，殭屍跳了出來，大肆咬人。

但事實究竟是怎樣，最後的事情發展又是怎樣，誰知道？因為突然有一天，關於殭屍的流言蜚語便戛然而止，所有春城的本地媒體不約而同選擇緘默。事情隨時間流逝，逐漸消逝在大眾的生活中。

愚昧的人總以為這世界有鬼有神，是人類驚擾了鬼怪，所以鬼神才會跑出來作祟。可真正的智者，卻能透過流言看到另一個不同的真相。

說起來，眨眼間，離那個事件已經過去十九年了。

「後來，我對這件事持續調查了很長時間。但是收穫並不多。」我撇撇嘴，心裡有些鬱悶，「如果真如傳言所說，那些沒有皮膚的屍體是從府河上游漂下來的。就有點意思了。」

張明好奇地問：「為什麼？」

「因為府河的上游就是岷江。」我伸手向身後的腳下指了指，現下我們已經爬了很高了。岷江像是一條玉帶子，靜靜流淌在山腳下。死寂而又充滿詭異。

「一九九五年時，還沒有現在的紫水壩。岷江水流湍急得很，如果要拋屍的話，只有幾個地點有可能會在最後流進春城。而我們所在的位置，正好是其中一個地方。所以要說殭屍案的傳聞源頭，說不定這個山頭就有可能。」我半開玩笑的說。

沒想到這個玩笑卻令所有人都恐慌起來：「不會吧。這裡曾經挖出過古墓，還被殭屍襲擊了？」

我咳嗽一聲：「都說過了，是血屍。按照分類，沒皮膚的都叫血屍。」

「管你什麼殭屍血屍的，媽呀，剛才還不覺得，現在感覺這裡陰風陣陣。怪可怕的！」張曼扯了扯外套：「周偉，我們乾脆回去吧。走得夠遠了。」

走得確實已經夠遠了。這也是我嚇唬他們的原因。這場莫名其妙的郊遊基本上變成了鬼故事大會，怪沒意思的。而且，我總覺得當中有些怪異。特別是周偉和李欣兩人。

不知他倆，到底想搞什麼鬼。

「好了，我說古塵，你就別嚇唬大家了。」一整天都沉默寡言的周偉自然不願意回去，他開口道：「所謂九五殭屍案，我這個外地人都知道。當時就有官方解釋了，據春城軍區流出來的說法，九五到九七年春城根本就沒有什麼殭屍，都是謠言。真相是泉龍縣平安鄉的一戶林姓人家，他家狼狗得了狂犬病後，把養的豬咬死了。姓林的男人捨不得將豬掩埋，乾脆把被狗咬死的豬分切了，讓全家人加菜。

「當晚，吃過豬肉的人開始生病，症狀很奇怪，全身發熱皮膚發紅，見人就咬。住附近的兩個小孩和一個老人被咬傷。第二天，親戚和鄰居合力將他們制伏，捆綁著送進春城醫院看病。途經合亭一段，林家人再次發病，掙脫繩子從車上爬起來，見人就咬，多人被咬傷。

「剛開始，被咬傷的人並不知道會傳染，被感染者有的死了，有的一發病就爬起來到處咬人。和末日電影中的喪屍症狀極為相似。最後，泉龍鎮上又相繼發現了幾具被咬死的屍體，於是流言沸沸揚揚傳開，說是殭屍吸血，還上了商報。合亭咬人也被傳說是春城府河出現殭屍，上了電視。因為病者身冷，穿得厚，穿得多，還被說成了清朝殭屍。

「消息傳開後，鬧得春城沸沸揚揚。春城軍區用了大量人員來處理此事，後來才慢慢平息。這個病，後來被泉龍當地人稱為是瘋豬病。」

我皺了皺眉頭，疑惑大起。怪了，這個只知道打籃球的周偉怎麼會如此清楚九五殭屍案的另一個版本。這種事，如果不是特意調查過，根本就不會知道。他的性格我還算瞭解，不是個好奇心重、愛看探索頻道的人。

我瞇起眼睛，不動聲色的說：「瘋豬病？不錯，有些瘋豬病確實會感染給人，但吃了瘋豬的肉後，一般人會頭暈發燒，死亡率很高。不過絕不會比普通健康人跑得更快，更不會見人就咬。你不覺得這個所謂的官方解釋，也頗有些耐人尋味？」

周偉有些惱怒的盯了我一眼，正想繼續說話，卻被李欣打斷了。

「別爭了，越說越讓人害怕。」女孩打起圓場：「都走這麼遠了，周偉，你也該說說這次郊遊的目的了。」

說完給了他一個眼色。

周偉沒再理我，笑了笑，拿出自己的手機：「給大家看個好東西！」

大家立刻好奇的湊上前去。

我動作慢吞吞的往前走，心裡思緒萬千。這個殺千刀的傢伙，果然不是為了感情問題。甚至，他跟秦思夢根本就不熟，校花也絕對不是他的女朋友。可是他用那種理由騙我來郊遊，究竟是想幹嘛？

最可惡的是，白癡的我居然信了。越來越迷惑於周偉的目的，我湊上去，朝他的手機看了一眼。

只一眼，讓我更加鬱悶起來。

靠，他手機上顯示的居然是一款app程式。而且，我還很熟悉！

「這個app程式，我好像在哪裡看過！」張曼眨著眼睛，苦思起來。

程式的介面是藍色的，中間有一圈像是雷達掃描的圓盤，不斷有掃描指針在一圈圈轉動。藍色圓盤上，標注著幾個白色的點，屏幕下方還有幾串很複雜的數字。

張明摸著腦袋：「我也覺得有些眼熟。像是在哪裡看過！」

「這不就是最近莫名其妙紅起來的靈魂探測器嘛？」秦思夢撇撇嘴，大為無聊：「周偉，你讓我們開車跑了幾十公里，還爬了幾個小時的山。就為給我們看這個程式？

你無不無聊啊！」

周偉笑而不語，笑容中夾帶的神秘更濃了。

我第一眼看到時，也覺得是靈魂探測器，可緊接著又覺得不太像。便搖了搖頭：「不對，這個不是靈魂探測器！」

「還是老古見多識廣。」周偉仍舊嘿嘿笑著：「老古，你覺得這是什麼？」

「靈魂探測器是一個美國人寫的惡搞程式，據說那個程式具有探測 Quantum Flux 量子通量的功能，並用獨有的計算法來分析這些量子通量，以探測是否有異類在你的附近。」我指著螢幕中間不斷掃動的雷達。

「這軟體的介面其實非常簡單，就跟雷達系統一樣。上面會顯示很多數字，而雷達中間的點會以幾種顏色標示。紅色代表惡靈，白色代表沒有惡意的靈魂。其實我也曾對這個軟體頗為好奇，但將其破解後，才發現程式的說明全都是在寫小說。它根本不能計算 Quantum Flux 量子，只是隨機將顏色不同的紅點分佈在雷達上，讓你自己嚇自己罷了！」

我說完，眼睛一眨不眨的看著周偉的手機螢幕：「但是這個程式不同。它下面的數字對應著白點的數據，這些數據，似乎是地球的經緯度。」

周偉的笑意漸濃，「老古，我死活拉你來果然是對的。你真能看懂！」

「什麼意思？」我皺了皺眉頭：「這程式，到底是什麼玩意兒？」

周偉沒有回答，反而道：「大家都有GPS吧，把我屏幕上顯示的三個數據，隨便輸入一個進去試試。」

大家更加好奇了，紛紛都掏出手機照做。我疑惑重重的輸入了這串疑似經緯度的數據，沒想到定位的速度很快。光標閃爍了幾下，就赫然出現在地圖上。自己的眼皮猛地跳了跳。

這數據果然是經緯度，而且位置居然就離這座山不太遠！

「解釋一下。」看著故弄玄虛的周偉，我沉聲道：「這果然不是一次單純的郊遊，對吧？你有什麼事瞞著我們？」

「不錯，這次郊遊，我準備了很久了。」周偉掃視了大家一眼：「要不要聽一個故事？」

「又有故事聽啦！」錢東率先拍手，這傢伙就是愛聽離奇怪異的都市傳說：「恐不恐怖？」

周偉聳聳肩，「聽了就知道了。總之，我舉辦這次郊遊的目的，也和這個故事有關。

大家邊走邊聽吧，還有很長一段距離要爬呢。」

看著他那古怪的表情，我承認自己已經被成功的挑逗起了好奇心。想要回去的打算也被拋到了腦後。這王八蛋手裡的神秘程式，肯定和他的故事有關聯。

我本人算是智商不低的，看了一眼周偉的手機後，立刻就將三個經緯度全記到腦子裡。一邊爬山，一邊一一將經緯度輸入 GPS。不出所料，三個經緯度都位於同一座山上，只是所在地點不同罷了。三者之間，相差的直線距離也不過幾公里。

周偉籌劃的這場神秘郊遊的目的地，恐怕就在這三個地點當中。

我不由得再次朝山頂望去。這條古舊的道路不停的蜿蜒著朝遠處的上方山林延伸，越往裡走，樹木越茂密。地上的青石板上全是雨露滋養的青苔，很滑，不知道已經多久沒有人走過了。

這是一條當地人都不會來的古道。每一塊石板，都洩露著陳舊的時間刻印。我下意識的用腳踩了踩，石板有些已經鬆動了，踩這一頭，另一頭就會翹起來。石板中央甚至有許多不規則的小洞。

那是茶馬古道中千百年來，茶背子用拐杖杵出來的。這些茶從各處深山運抵成都，然後再從成都運入西藏或其餘地界。如此反覆千年，直到幾十年前，最後一批茶背子才徹底隱沒在歷史當中。

恐怕這條路也已經幾十年沒人走過了吧。真不知道周偉是怎麼將它給找出來的！

「我不是本地人，也不知道自己講的對不對，所以我把老古拉來，他懂得東西多。如果說錯了，老古，記得幫我補充一下。」周偉客氣的對我說。

我撇撇嘴，沒說好，也沒說不好。鬼才知道他要講什麼！

「我的故事，要從七十七年前講起。」這傢伙一邊看著手機螢幕，一邊在前面帶路。隨著古舊的老路拐了個大彎後，他的故事也進入了正題。

「七十七年前，許多人恐怕都不知道，四川發生了嚴重的饑荒。甚至有天府之國美譽的成都也未能倖免。當時的國民黨省主席劉湘非常迷信，請了巴蜀地區遠近馳名的張神仙來求雨……」

趙洪與周明跟著五個盜墓賊往玉壘山上爬，夏天的麻花稈本就密，越是荒地，長得越茂盛。焦黃的葉子，白生生的絮。被風一吹，飄得到處都是。

「媽個仙人板板。」周明一邊罵，一邊摸著手上被刮出的一條又一條血痕，「老表，他們到底要到哪去？」

趙洪摸出從餓死的老六身上找到的老舊地圖，看了幾眼後，最終搖了搖腦袋，「不曉得。總之，小心點。那些挖老礦的精得很，都是些成精的傢伙。一個不小心就會被發現的。」

盜墓賊們走得小心翼翼，他們之間的對話不時從前方飄來。

「老大，天書殘片還有一塊在老六身上。得不得有影響哦？」這是老三的聲音。

老大的聲音像是刀刮一般，「不得。我們曉得地方，用洛陽鏟打直洞就可以了。」

「但是那地方，聽說很詭異。去的同行沒一個能活著回來！」老二擔心道。

老大嘆了口氣：「這個年身，有啥子法啊。家裡老婆娃兒都沒得吃了。老四，你們那野地裡的苦麻子都要被挖完了吧？」

老四悶聲悶氣的點了點腦袋，「老婆娃兒都餓肚子幾天了。樹皮被人割了個乾淨。不然，我也不會金盆洗手了還冒頭出來。」

「哪個不是嘛。」老大咬了咬牙，「我們哥六個，十年前幹了那場買賣後就已經金盆洗手，不幹老礦買賣了。但禁不住肚子餓啊！我老小餓死了，老子眼巴巴看到他連一口米湯都沒得喝，活活嚥了氣。眼淚都流乾了！」

「這趟買賣，哪怕是刀山火海，我們都必須要去一趟。」老大狠狠地道：「不然，也只有死路一條。哥們六個已經一起幹了幾十年，整個四川，沒有我們哥子不敢盜的墓。老子就不信這墓，真有那麼凶！」

「不成功，就餓死。成了，下半輩子榮華富貴。」

四個盜墓賊一起沉默了片刻，老四點點頭，咬牙切齒的說：「老大說得對。不成功，就會死。那買家開出那麼大的條件，只要墓中的一樣東西。老四我為了老婆娃娃，只有拚了。」

「拚了！」老三、老二和老五也附和起來。

饑餓，確實比任何詭異的凶墓，更加可怕！

聽著前方盜墓賊的話，趙洪和周明也一同陷入了沉默。

這場饑荒，究竟什麼時候是個頭啊。天府之國，富饒的平原，已經處處是餓死骨了。希望張神仙真的能將那場遲來的雨給求下來。

根本不迷信的趙洪，不由得如此希冀著。

跟著走了接近一下午。五個挖老礦的，突然像是看到了什麼極為恐怖的事情，猛地停住了腳。

第四章 天陰地煞　石頭開花

「天陰地煞，石頭開花。」老大臉色大變，身上止不住的打擺子：「好凶的戾氣！」其餘四個盜墓賊也同樣面色極差，甚至有人打起了退堂鼓，「老大，我們還是回去算了。」

「混帳！老二，你剛才的骨氣呢？」老大罵道，但腿遲遲沒有動，似乎也在權衡這一趟的生存機率。

躲在麻花稈深處的周明忍不住問趙洪：「老表，啥子叫天陰地煞，石頭開花？看起來他們幾個似乎怕得很。」

「地煞？開花？沒想到已經走到這裡了！」趙洪看了四周的地形，同樣也臉色蒼白，「我幾年前巡邏的時候，聽當地人說這鬼地方邪門得很。有個天然的迷魂蕩，一旦走進去，就算本地最熟悉路的人也走不出來。我猜，這些挖老礦的，指的就是那個迷魂蕩了。」

「天陰地煞之地，最容易孕血屍。怪不得那些挖老礦的同行回不來。」老大皺著眉頭，「看來，要先找幾個不相干的人去探探路了。」

話一出口，離他們足足有百米的趙洪暗叫一聲不好：「你媽的。周明，把槍拔出來。快，有危險！」

說著他已經將別在腰桿上的毛瑟槍扯到了手裡，死死抓住。還沒等周明回過神，兩把泛著冰冷光澤的鋒利羊角刀已經架到兩人的脖子上。

老三和老四居然不知何時繞了一個大彎，溜到了他們的背後。

趙洪苦笑了兩聲，該死的麻花稈太阻礙視線了。誰曉得這些個挖老礦的居然如此精，早就發現了他們倆。現在恐怕是貓兒抓糍粑，脫不倒爪爪了。

「老表。」周明哭喪著臉，槍才拉出了一半。他感覺到脖子上的皮膚一陣冰涼，似乎只要稍微一動，腦袋就會和頸項分家。

「周明，把槍放倒。」趙洪強自鎮定，不動聲色的說：「兄弟夥些，我們沒有惡意。」

其餘三個盜墓賊也走了過來，老大臉色陰沉的看著他：「這身衣服，你們是灌縣保安隊的？」

「不錯。我來的時候已經和保安隊打過招呼了，只要到晚上還看不到人，就搜山！

你要殺了我們，哥子幾個都別想活著離開灌縣。」趙洪大聲道。

老大冷哼了一聲：「你們保安隊都自顧不暇了，哪還有人手搜山。既然能找到我們，肯定是老六死在灌縣，被你們找到了屍體。老四，你去搜身！」

趙洪暗罵一聲，但被刀脅迫著，他和周明也只能一動不動的任由一臉猥褻的老四將自己的身體裡裡外外搜一遍。

槍早就被卸下了，那張金色的殘片以及簡易地圖也毫無意外的被搜了出來。

「老大，天書殘片！」一見到那不知道材質的金屬殘片，老四頓時大喜。

「哼，我就曉得在他們身上。這樣一來，挖那凶墓，就有點把握了。」老大眼中也飄過一絲欣喜，可轉眼間刀刮般的語調就低了下來，「老六的屍體，你們怎麼處理的？」

趙洪老實回答：「丟在保安廳邊上，準備一起拉去郊外燒。」

「燒了就好！燒了就好！塵歸塵土歸土。死後不留皮囊，是我們挖老礦的最好下場。免得去了陰間受折磨。」老大悲涼的嘆了口氣：「兩位兄弟，對不起了。麻煩你們在前邊引路。老四，綁起來！」

周明掙扎了兩下，被老四一巴掌打在臉上，臉頰立刻浮現出一個深深的手掌印。

年輕氣盛的他正要開口罵，被趙洪喝止了。

現在性命都在別人手心裡拽著，見多識廣的趙洪清楚得很，挖老礦的，有哪個是心慈手軟之輩，只有儘量配合才能活著逃回去。

兩人放風箏般的被手臂粗的繩子拴著，走在最前邊。後邊的五個盜墓賊小心翼翼的跟著，一有風吹草動都會停下腳步看動靜。

周明撇撇嘴，「你媽的仙人板板，一群膽小鬼！」

而趙洪的心，已經提上了嗓子眼。這些挖老礦的不知道幹了多少年，絕對屬行內精英。哪怕是他們都走得如此步步驚心、亦步亦趨。可想而知這地方究竟有多凶險。

天陰地煞，石頭開花。到底指的是什麼？

趙洪心裡清楚，只有弄清楚這些，才能增加生存可能。

「老兄弟，我記得這附近沒什麼老墓才對。你們來這地方做買賣，恐怕要空手而歸了。」趙洪裝作不動聲色的說道：「何況，這鬼地方還是個迷魂蕩。」

老大人精，哪裡看不出他的心思，「你莫要耍小心眼，只要幫助我們哥幾個弄到東西，兄弟我肯定放你倆活著離開。」

趙洪皺了皺眉。這老混蛋太聰明了，油鹽不進，根本就無處下手。不行，還要掂量掂量。

火焰般乾燥的太陽逐漸朝西天斜去，兩米多高的麻花稈在斜陽下似乎變得如火燒般猩紅。夕陽如血，將天邊的雲彩點燃後，慢慢收斂起來。周圍的光線頓時變暗了許多。

藉著越發昏暗的陽光又走了一個多小時，突然，無處不在的麻花稈唐突的不見了。視線所及之處全是裸露的黑土。

黑土上寸草不生，更沒有樹。荒涼淒慘非常。

「好詭異！」趙洪的心「咯噔」了一下。打小做農活的他非常清楚，四川平原的黑土肥沃得很，經常有人說撒一把種子在地上，秋天都能有好收成。眼前的黑土黑得發亮，絕對是上好的沃土。但怎麼可能一根草都長不起來呢？何況沒有樹木草地，再好的沃土也會因日曬雨淋而變成荒地。眼前的黑土，顯然背離了他的常識。

麻花稈的邊界線就是從黑土上割開的，一旦進入黑土的範圍，就沒有了。

「停！」老大在最後幾株麻花稈下大叫一聲「停」，然後拿出一個老舊的羅盤仔細打量起來。

他手裡的羅盤，少說也有千年歷史，青銅鑲邊已經泛黑了。羅盤上的指針搖晃了幾下，然後筆直的指向黑土中央。

「果然是天陰地煞之地。」老大焦躁的用手磕著腦袋，一臉猶豫。

斜陽的最後一絲光，也消失在山脊後邊。那吞沒太陽的山，猶如一頭巨大的怪物，散發著陰森森的邪氣。

「老大！」老三喊了幾聲，叫醒了仍舊在發呆的老大：「老大，我們還進不進去？」

「進去，肯定要進去。」老大咬著牙點頭：「不進去怎麼搞到那玩意兒！只不過，要等土冷了才能進去。天陰地煞之地，只有黑土冰了，煞氣才會全部收斂進土縫裡。不然現在踏進去，只有死！」

說是這麼說，但老大顯然顧慮重重，他暗自咕噥著：「仙人板板，這次買賣怕是要虧了。才只是墓的外圍，就已經這麼不好搞。墓底下究竟埋得啥子哦，居然要如此大的陣仗！」

眾人按照他的吩咐，就地坐下，看著最後殘存的光明一寸一寸的消失。餓了，就掏出自製的野菜粑粑塞肚子。趙洪和周明也各被分到了一個。

「媽的，這也是人吃的東西。」周明也餓了，一口將野菜粑粑朝嘴裡塞。可是只吃了一口，就噁心的全吐了出來。實在是太難吃了，這神秘食物根本是野草混著些植物根莖捏成糊，烤出來的。舌頭上全是苦澀的口感，一直苦到了舌根。

灌縣雖然也饑荒嚴重，但他們縣保安隊沒少過糧食。其實自古以來就如此，大凡荒年，餓死的永遠都是底層老百姓。吃官家飯的都能好好的活下來。

趙洪將周明扔在地上的野菜粑粑撿起來，也不拍上邊的土，扯了一半下來重新塞給他，命令道：「吃。難吃也要吃下去。想活命，就要先填飽肚子。」

說著就將野菜粑粑放入嘴中咀嚼，面無表情。

他仔細的打量著這所謂的天陰地煞之地，可缺少這方面知識的趙洪哪裡辨認得出凶險在哪兒。只略微覺得這怪地方散發著一種刺骨的冷，冷入骨髓。

挖老礦的，一個比一個有耐心。這一等，就枯坐了六個多小時。直到月上中天，估摸著應該是午夜了。

「老四！」老大瞥了一眼老四。

老四立刻站起來，逮起周明就往前走。他身體短小，力氣卻出奇的大，任憑周明怎麼掙扎，都掙不脫那雙手。

「你們要幹啥子，放開我老表！」趙洪急起來。

老大擺擺手，示意他安靜：「兄弟夥，別慌。我們就是借你老表的手用一用！」

「手咋個借，莫不是想砍下來！」被刀指著腦袋，趙洪想不安靜都難。他眼巴巴的看著自己的老表被老四小心翼翼的按趴下，下巴抵在壓塌的麻花稈邊緣，手則被扯到那塊黑土上，老四再一用力，他的手就插進黑色的沃土中。

老大一眨不眨的看著周明插入土裡的手，慎重的問：「兄弟，有啥子感覺？」

「涼的。」周明愣愣的說道，他搞不懂這些人大費周章的，結果只是為了把他的手插進土裡。難道他們的腦袋都有問題？

「有沒有感覺到鑽心的痛？」老大又問了一句。

周明搖頭：「沒有。」

「老四，抽出來瞅瞅。」老大吩咐道。周明的手立刻被拉了起來，老大將他的手捧著，藉著明亮的月色，神色緊張的一點一點仔細打量。

足足看了好幾遍，老大終於長吁一口氣，放下了心，「行了。煞氣已經歸土，我們搞快點。」

「石花每七十七年一開，只開兩個時辰。過了時辰，墓穴就會關上。要想弄到那東西，就要再等七十七年嘍！」他望了一眼月亮：「如果太陽一冒頭還沒弄到它，我們兄弟幾個也別想活著離開這塊陰煞凶地。」

灌縣的夏天，太陽出來得早，離第一絲陽光破雲而出，也只剩下五個鐘頭而已。五個挖老礦的和兩個被挾持的保安隊員小心翼翼的走入這片陰煞地。走沒多久，趙洪終於明白什麼叫做天陰地煞，石頭開花。

因為他真的看到岩壁上的石頭，被猩紅的月光一照，居然開出了花來。

這也是這七個人最後看到的東西！

周偉將故事講到一半，突然就在最關鍵的地方停住了。

「然後呢？」聽故事的眾人急忙追問。

周偉搖了搖腦袋，「然後？沒有然後了。五個挖老礦的全部失蹤，趙洪死了，周明瘋了。我知道的就只有這些。」

「你這故事是從哪裡聽來的？」我沉聲道。

自己一直對民俗學有些研究，也確實記得七十七年前，有類似的傳說。兩個保安隊員在灌縣山上失蹤，但礙於張神仙求雨的關係，沒有人手搜山。一年後，趙洪的屍體才被發現。

最可怕的是，所有接觸過趙洪屍體的人，全都在不久之後莫名其妙的慘死。這故事屬於灌縣縣誌的離奇傳說，無法考證。但周偉居然能夠將其講得有板有眼，讓我十分不解。

就連我都搞不清楚的東西，一個頭腦簡單，四肢發達的籃球隊員，到底是怎麼知道的？

「我雖然不喜歡混論壇，但偶爾還是會瀏覽一些小眾的地方網站。其中一個十分神秘的小網站上就有這個故事的詳細記載。但是，趙洪和盜墓賊的事蹟也就這麼多了。」周偉笑道：「大家都知道我這個人愛看盜墓小說。趙洪的故事比任何小說都精采，完全吸引了我的注意。但最令我奇怪的是，那篇文章的末尾，竟然還附帶了一個app 程式。」

「程式的描述是安裝之後，會一步一步的帶你找到那五個盜墓賊挖出來的遺落寶藏。一時好奇下，我就安裝了。喏，就是你們看到的這個程式。表面上它是採用靈魂探測器的介面。但卻和 GPS 連動在一起，即時顯示寶藏究竟在哪兒！」周偉不無得意，

「所以我聚集大家，是真的想郊遊，不過也順便去程式標示的地方看看究竟有沒有發

財的機會。」

聽完周偉的解釋，大夥鬧成了一團。唯獨我安靜了下來。周偉的話乍聽之下似乎頗有道理，但經不起推敲，漏洞太多。自己皺著眉頭，不祥的預感越發濃重。

故事中提及「天陰地煞、石頭開花」這一類典型的風水用語。證明撰文的人絕非泛泛之輩。一般人根本不知道這八個字代表了多麼可怕的意義！

「周偉，你也太搞笑了吧，居然信這個。」張曼撇撇嘴。

孫斌哈哈笑著：「無所謂啦，總之今天大家出來爬爬山也不錯。那個程式的坐標，就當作是目的地吧。」

李欣和周偉同時看了我一眼：「老古，你怎麼看？」

「不太可靠。」我搖頭：「程式上的坐標有三個，雖然是同一個山頭，但相距太遠了。而且這裡離村民居住的區域也不太遠，不可能有什麼天陰地煞的神秘墓地。除非是五個盜墓賊得手後，沒將墓裡的東西帶走，而是藏在了某個地方。」

「我看回文裡其中一個人也是如此分析的。」周偉讚賞道：「那個回文認為如果真有寶藏，肯定在其中一個坐標裡。我隨便找了一個坐標當目的地，也是圖個大家一樂嘛。」

他一邊說，一邊指著手機螢幕中間的白點。我那個白點的坐標，離我們一行人現在的位置也只剩下一公里的直線距離而已。我沒開腔，只是悶頭往前走。

太陽已爬過了中天，早過了午飯時間。周偉招呼大家找了塊乾淨的地方坐下，從幾個大登山包中拿出豐富的食物，甚至還有幾瓶好酒。

「周偉，看不出來你還挺細心的。」有得吃，所有人都精神一振。張曼拿起衛生筷迫不及待的夾起一塊紅繞肉塞進嘴裡。

我慢吞吞的吃了幾塊肉，覺得味道有些怪，便放下了筷子。思緒仍舊飛快的轉動著。雖然周偉說出了目的，但我還是有許多疑惑。而這些食物明顯出自於女性之手，看著沉默吃飯的李欣，我的眼皮猛地跳了幾下。

「怎麼了？」李欣似乎感覺到了我的視線，抬頭，輕笑著問：「飯菜不合你胃口？」

「不，挺好吃的。可惜我今天早餐吃得飽，沒什麼食慾！」我聳了聳肩。

「喔，還是儘量多吃些。等下要爬山呢。」李欣的話說得不鹹不淡，似乎心思也不在爬山尋寶上。

她的臉色，無論如何掩飾，還是讓我察覺出一絲陰霾。

我用手撐著下巴，心裡翻起了掀天波浪。

食物絕對是李欣準備的。她和周偉到底是什麼關係，碰面時就眉來眼去不說，還有意無意的引導周偉說話。如果說周偉真的是為了尋寶，那麼李欣究竟又是為了什麼？難道其實她才是周偉真正的女朋友？不對！不太像！

大家吃飽喝足後，在周偉的催促下繼續往山上爬。我只得收起自己的疑惑也踏上這條破破爛爛的石板路。

越是往山上走，路越是荒涼艱難。周圍的山風也益發的冰冷刺骨起來。破爛的石板路年久失修，殘缺得厲害。大部分人開始叫苦連天，但周偉總是有說辭讓大家鼓起幹勁繼續往前走。

山路崎嶇蜿蜒，就這樣一直走到了下午四點。

「不行，實在走不動了。」張曼一屁股坐到了石階上，用力捶大腿。她的話引起了大部分人的共鳴，一時間嚷嚷著想回去的人多了起來。

周偉這時也詞窮了，他和李欣對視兩眼。李欣便笑嘻嘻的彎腰，挽住了張曼的胳膊：「曼曼，妳看，就快到了。我們再往前邊走幾步行不行？妳不覺得設定好的目的地，沒到的話，心裡會很悶？」

「可是小欣，我是真走不動了啊！」張曼搖著腦袋，一點都不想站起來。

就在這時，一股驚人的惡臭味隨著風傳播，突然竄入鼻孔裡。噁心得人險些吐出來。

「嘔，什麼東西那麼臭！」張明迅速捏住鼻子。

眾人也聞到了，大家一邊在鼻子邊搧風，一邊驚疑不定的四處瞅著。

張曼驚訝道：「這股臭味，怎麼和趙雪手指腐爛時的味道差不多？」

我不動聲色的朝味道的來源走過去，臭味飄散的位置顯然不在前方，而是在右側的樹林中。踏著草地鑽入略有坡度的樹枝間，但剛走兩步，我就呆住了！

第五章◆神秘屍體

雖說人生有各種意外，哪怕是出來郊遊一下，都能遇到詭異的事情。這人生，也真夠邪門的。

我被眼前的景象嚇得不由得驚叫了一聲，聽到叫聲的眾人連忙跟上前。顯然，他們看到樹林裡的東西後，反應比我更不堪。

「這、這些都是啥東西啊！」秦思夢哆嗦了幾下，渾身發冷。

只見這個不大的樹林裡，躺著十多具動物屍體。這些動物約只有小羊羔的大小，像是剝掉了皮的麅子。血淋淋的皮肉裸露在空氣裡，脖子斷裂，肚子敞開著，露出了血腥的內臟。

動物屍體已然腐爛發臭，一群蒼蠅圍繞在屍體的上空盤旋，卻怎麼都沒有一隻落在上邊。

「誰把這些動物打死了扔在地上，簡直是浪費嘛！」錢東罵道：「如果放在愛吃的春城人飯桌上，絕對是一頓值錢的野味。」

張曼橫了錢東一眼：「噁心死了，你居然還能聯想到吃。」

我走到其中一具動物屍體旁，努力辨認這究竟是什麼動物。附近的山上根本就沒有麃子，何況如此體型的麃子，應該也只有距離這裡幾百公里外的秦嶺一帶才會有野生種。怪了，見多識廣的我，竟然怎麼都認不出這些怪怪的小型哺乳動物的來歷。

沒辦法，只得掏出手機，準備照幾張照片，以後有機會找個專家辨認下。說不定是新物種呢。

我掏出手機對著屍體照相，沒想到反而啟發了張曼等人。他們嚷嚷道：「對啊，這種事應該第一時間拍照發微博才對。嘿嘿，還是老古有見地。」

眾人一陣狂拍，看得我滿腦袋的黑線。突然，視線的餘光瞥到李欣身上。只見這個同系的女生鬼鬼祟祟的朝樹林深處走去，偷摸到懸崖邊上後，又折回來。

她悄悄移動到周偉身旁，兩人嘰哩咕嚕的說起了悄悄話。

傻頭傻腦的李昌照得不過癮，也不嫌噁心，乾脆伸出手準備將神秘動物的身體翻一面繼續照。

當他的手快接觸到怪物屍體時，我連忙拉住了他的臂膀。

「白癡，你想找死啊！」我怒罵道。

李昌摸了摸腦袋，不明就裡的咕噥：「死都死了，摸一下也不行。老古，你管太多了！」

「你想死的話，就去摸。」我瞪著他：「這些動物已經死了至少一個禮拜，惡臭熏天。可是你自己看，那些飛來飛去的蒼蠅，有一隻落在屍體上沒有？」

我的話引起了眾人的注意。大家觀察後驚訝道：「還真是一隻都沒有，老古，這怎麼回事？」

「現在的溫度，蒼蠅在屍體上產卵，三天就會長成蛆。十多隻動物屍體身上，卻一隻蛆也沒有。這太怪了！只說明一件事。」我停頓片刻：「這些動物，都是中毒死的。而那種毒，直到現在，依然劇烈。」

「這你都能看出來？」李欣眨巴著眼睛：「不愧是小古。」

我聳聳肩，後面的話並沒有說出口，以免引起恐慌。別看這些未知的小型哺乳動物屍身是腸穿肚爛，甚至沒有皮膚。但並不是任何人為的外力因素造成牠們的死亡。這意味著，動物們似乎是偶然接觸到了劇毒物質，掙扎著跑到這裡，最終毒發身亡。

那些毒素從體內散發出來，侵蝕掉小動物的皮膚，所以牠們的皮膚不見了。最終毒素腐蝕了肚子，使其腸穿肚爛。

這結論令我心驚。到底是什麼毒素，能有如此恐怖的威力？搜遍腦海我也想不出對應的化學名稱。何況這麼威力強大的毒，就算世界上真的有，恐怕也是屬於各國嚴格管制的危險物品。怎麼可能隨隨便便出現在春城遠郊外的一座山頭上？

難道，周偉講的故事，app 程式上標示的寶藏可能埋藏點。是真有其事？

我深感不解。就在這當口，周偉已經小心翼翼的越過神秘動物屍體，走到張欣剛才站過的地方。

「哇，大家快看。」周偉的演技不錯，驚訝的樣子就連我都看不出破綻：「這裡居然有一條小路！」

大家都是和平年代出生的人，沒什麼危機感，有的只是對未知事物的新奇。李欣帶著大家走過去，果然，樹林裡的偏僻處真出現了一條路。小路隱藏在最不顯眼的地方，貼著懸崖，只有兩個人寬。不知道是多少年前修築的，地上、岩壁上早爬滿了青苔。看樣子，已經數十年沒有人來往過了。

周偉比劃著自己手機上的 app 尋寶程式，「這條路似乎是通往坐標地點的捷徑，大家要不要去瞧瞧？」

「來都來了，去看看也行。」李昌挺自己的兄弟。大家沒猶豫太久，就欣然同意了。

人類就是如此奇怪的生物，總愛為自己散漫的行為設定目標。而從不考慮已經下午四點了，用了接近六個多小時爬上來，竟然不預留同樣的下山時間。

這根本是找死。

我仍舊一聲不吭，隨波逐流。也更加好奇周偉和李欣這兩人究竟想幹什麼！心裡隱隱覺得，這座遠郊的荒山頭，說不定隱藏著某個不為人知的秘密。

好奇心每個人都有，我也不例外，甚至比普通人更強。否則也不會一直對民俗學有濃厚的興趣。

我們一行九個人，小心翼翼的貼著岩壁走。走了一段距離，繞了幾個彎後，來時路就再也看不見了。眼前是無數的細長蔓藤，如蛇般扭曲的蔓藤懸掛在懸崖峭壁上，遮擋住了視線。

幸好是如此。人主要是靠眼睛來感受恐怖的，如果真親眼看到幾步之外就是萬丈深淵的話，恐怕沒幾個人有膽量走這條路。

秦思夢偷偷湊到了我身旁，「小古，你覺不覺得這一路走來都有些邪氣。周偉似乎在對我們隱瞞了什麼！」

「或許吧。」我對此不願評價，自己跟她不熟，也不願透底。

秦思夢不死心的繼續說：「你是個聰明人。小古，這八個人裡，只有你最值得信任。我老覺得全身一陣陣的發冷，像是有什麼危險似的。我這個人第六感靈得很！」

我的眼皮跳了幾下：「妳也有這種感覺？」

沒想到秦思夢的感覺如此敏銳，居然和我想到了一塊兒去。一個人有這種感覺還能自我安慰是錯覺，可兩個人同時都能感覺到，那就麻煩大了。

前方的路幽深異常，明顯不是向山頂上走。而且周偉也再沒有看過自己的手機一眼，一個勁兒的往前領路。

我感覺不妙後，才仔細打量起這條所謂的路來。一看之下，頓時大驚失色！古怪，太古怪了！這條路，恐怕不是人修築的。因為山壁上沒有人工修築的痕跡。

我們正在走的路極有可能是天然的鬼斧神工所形成的，這種呈現下斜狀態，半陷入山壁的自然道路，在地理學上有個稱呼，叫做半裸露隧道。極有可能是山泉水千百萬年沖刷形成的通道。也被稱為，沒有出口的絕路！

既然前方不可能有出口，周偉幹嘛要將我們往裡邊帶？看他熟門熟道的模樣，顯然是來過。該死，他究竟想要幹什麼！

危機感最終令我壓下好奇心，停住了腳步。

「周偉，我不想往前走了。天快黑了，我晚上回去還有事情要做。」我決定開門見山的將話說死。

領頭的周偉身體一頓，也同樣停下腳步。他背對著我，許久，才肩膀一聳：「終於。老古，我就在想你什麼時候才會察覺到呢。可惜啊，你這個聰明人，最終還是醒悟得太晚了！」

「什麼意思？」我皺起眉，心中升起強烈的危機感。這個周偉，說的話太怪了！

周偉轉過身，皮笑肉不笑的盯著我，那雙眼睛充滿了戾氣：「老古，你恐怕一直都在想，我為什麼要死拉活拉也要找你來郊遊？」

「抱歉，我沒那麼聰明。」我不動聲色的向後退。這條路在半陰面，又被蔓藤遮蔽，內部顯得極為昏暗。如果要偷偷離開的話，似乎不難。

周偉朝張明打了個眼色，一直都若有若無的站在我背後的張明立刻用力抱住我。

「你想幹嘛！」我怒道：「放開！」

「老古，你就是好奇心太重了。」周偉依舊是那副要死不活的笑容：「不錯，相信你也猜到了。秦思夢不是我女友，我跟她其實也不太熟。我編了一套謊言，一點一點利用你的好奇心，引誘你跟我到這裡來。」

「我跟你無冤無仇，你引我到這來幹嘛？」我在心裡大罵。自己也是真大意了，明明知道他有問題，還跟著跑來。和平社會早已經讓人的警戒心磨滅了。鬼才知道平時和自己沒什麼來往的周偉，居然會算計自己。

而且算計的原因，我完全不清楚。

「沒辦法啊，如果不引誘你跟秦思夢來。我們七個人都要死！」周偉苦笑了兩聲：「兄弟，死道友不死貧道。只有委屈你們兩位，替我們擋這一劫了！」

「周偉，你什麼意思。給我說清楚！」我不明就裡，但從他的話裡，仍舊能聽出不祥的味道。我和秦思夢，都是被他騙來擋劫的。他們七個身上，到底有什麼劫？

周偉搖搖頭，沒繼續開口。他吩咐錢東從登山包裡拿出繩子，將我捆起來。而把一切看在眼中的秦思夢尖叫一聲，拔腿就往來的方向逃。

「媽的，臭女人。」李欣大罵一聲，完全沒了平時那副溫柔、人畜無害的模樣。回手一拽，一把就撈著了秦思夢的長髮。秦思夢慘叫著被李欣按倒在地。

面色甜美的李欣從衣服裡掏出一把美工刀，在不斷尖叫的校花俏臉旁比劃了幾下：「再叫，我就劃破妳的臉。」

女人哪怕死，也不願被毀容。秦思夢立刻停止大叫，無助的看著她：「小欣，我們一直都是好朋友。」

「對啊，我們確實是好朋友。」李欣嘻嘻一笑，笑得無比陰沉：「所以作為好朋友，就替我去死吧！」

秦思夢憤怒得眼淚都快流出來了：「李欣。我家的勢力，妳也清楚。我真出了什麼事，妳以為妳——」

「秦思夢！別說了。」我開口喝止了她。現在說什麼也沒用了。這，明顯是個局，「既然他們能將我們倆騙來，估計也做了盤算。不會讓我們活著回去的！」

李欣用病態的憐愛目光看我，「不錯，小古還是那麼聰明。我就欣賞你這一點，哪怕是死到臨頭，還那麼冷靜。」

「既然妳如此欣賞我，是不是該解釋一下，至少讓我死得明明白白。」我盯著她。

李欣完全沒解釋的打算。我最終被張明捆成了粽子。

木訥的李昌臉色變了幾下，悶聲道：「周偉，你要殺了他們倆？可當初你不是這麼說的！」

周偉還沒回答，張曼已經開口了：「對啊，要殺人什麼的，太可怕了！」

「閉嘴，你們還想不想活！別忘了發生在我們身上的事！」周偉大吼一聲：「何況，我也沒有說過要殺掉他們倆。至少，他們現在還不能死。」

李欣透過藤蔓，看了一眼天色：「快要天黑了，我們趕緊將他們抬進去。再晚，根據那人說的話，我們也沒法活著回去。」

你妹的，果然除了我跟秦思夢兩個受害者外。其他七人都是他媽的演員！可憐我古塵聰明一世，結果最後被認識的人給坑了！

自己與秦思夢被繩子捆得嚴嚴實實，又被布塞住了嘴巴。周偉七個人將我們倆抬起來，一直朝路的盡頭走去。

這條天然的半裸露隧道終點，是一個潮濕陰森，不斷往外冒著冰冷邪氣的洞穴。幽深的洞穴裡什麼也看不到，只剩漆黑的寂靜。

李欣用手機照明，將我們抬入洞穴一百公尺後，觀察了下地形。

「就這裡了！」她用腳在一塊平地上踩了踩：「把他們倆放地上！」

我和秦思夢被重重的扔在地上。七個人用手機的 LED 燈在我們臉上照來照去。周偉雙手合十：「老古，我們七個也是身不由己。到了下邊，可千萬別怪。」

「我操！」我憋出了標準的國罵。

李欣細心的在我和秦思夢的身上搜了一陣，拿走手機。想了想，她又掏出自己的手機看了幾眼，拍了拍腦袋：「昏倒，差點忘了最後一步。」

說著，這個令我越發陌生的女孩，用美工刀在我和秦思夢的右手中指上輕輕割了一下。幾滴殷紅的血珠立刻冒了出來。

血滴落在地面潮濕的石頭上，竟然詭異的隨即沒入，再也見不到蹤影。

「好了，走吧！」李欣抱著臂膀，「這鬼地方好冷！」

見這些人不是開玩笑，是真的要置自己於死地，校花的精神簡直要崩潰了。從小到大成績優異、容貌出眾、社會地位高的她，哪受過這種苦。她破口大罵，不過那七個人根本就沒理會這位曾經眾星捧月的校花。

甚至離開時，沒人轉頭看她一眼。

七個人走得很匆忙，彷彿一停下腳步，就會有鬼怪跳出來將他們吃得骨頭都不剩似的。

秦思夢抽泣著，整個幽深的洞穴迴盪著她的痛哭聲。聽得我直皺眉。自己最不喜歡的，就是遇事哭哭啼啼，完全不在乎周圍的傢伙。

「好了，冷靜一點！」我嘆了口氣，也沒打算安慰她：「只有冷靜，才能逃出去。」

「我，我，我哪裡冷靜得下來。」秦思夢說了一句，又哭起來。

我厲聲吼道：「夠了，都說別哭了。」

秦思夢被嚇了一大跳，終於停止哭泣，開始不停咕噥：「白癡，不懂憐香惜玉！白癡，不懂憐香惜玉！」

「閉嘴！」我又叫了一聲。白癡校花這才朝我的方向看了一眼，徹底閉上嘴。

黑暗瀰漫在四周，只有入口那一絲逐漸變暗的光線，宣告著可怕的夜，即將降臨。

秦思夢被我喊得冷靜了，可一旦安靜下來，恐懼感就鋪天蓋地的塞滿她全身。女孩下意識的動了動身體，想朝我身旁擠。

我一動不動的躺在地上，思緒萬千。可是想來想去，也想不出個所以然來。周偉七人要我們倆替他們抵劫，聽話裡的意思，是他們身上發生了可怕的事。而主意，也是別人出的。那就意味著，真正的主謀，並沒有出現。

他們將我和秦思夢扔在山洞裡，究竟是什麼意思？餓死我們？不對！抵劫，在中國的傳統文化中，從來都不是代表著正面意義。

恐怕，這洞穴本身，就有問題！

我臉色越發凝重，突然想到了些東西，急促的問：「秦思夢，妳的生日是哪天？」

這句話問出口，已然緊張到口乾舌燥了。

「幹嘛突然問我生日？」秦思夢在黑暗中臉色發紅。

我沒理會她的矯情，提高了音量：「回答我！」

「白癡，你果然不會憐香惜玉。難怪一直沒女朋友。」校花嘀咕著，我簡直恨不得一棒將她敲暈。這個漂亮的秦思夢，廢話多到爆。

秦思夢見我沒再開口，只得老老實實的說：「三月十五日。」

「哪年的？」

「九四年。」哪怕在黑暗中，校花似乎也感覺到我炯炯有神的視線死盯著她，不由得心虛起來：「九、九三年。」

聽到她的回答，我渾身一顫。心底深處最後一絲期盼，也被殘忍的折斷了。

「難怪，難怪周偉一定要把我們倆騙來。原來如此！原來如此！」我的聲音乾澀顫抖，充滿了苦澀。

自己總算稍微猜到，周偉他們七人把我和秦思夢當作替死鬼的原因了！

第六章◆詭洞驚變

有人說，怕鬼和想像力豐富同時存在一個人的身上簡直就是全世界最反人類的事情。

顯然秦思夢就是這種人。我在說了一句話後，就陷入長長的沉思中。由於校花什麼也看不到，只能聽到我微弱的呼吸聲，不由得著急起來。

越急就越害怕。

洞口的光線，已經完全看不到了。死寂和絕望的黑暗充斥整個洞穴。經年累月沒有陽光照射的山洞中，只剩下無邊的陰冷，以及不知從哪裡竄出來的，若有若無的淒厲的風聲。

猶如鬼哭狼嚎。

穿著夏裝的我感覺有些冷，不由得動了動身體。被繩子牢牢的捆著，就連扭腰都成了奢望。平時吃粽子覺得挺好吃的，一旦自己變成了粽子，才發現粽子如果真有感情的話，恐怕會挺悲哀。

「小古，喂，古塵。你說話呀！」秦思夢總覺得無數的陰魂在看不到的黑暗中糾纏著自己，她嚇得大聲道：「怎麼突然就不搭腔了！」

我沒頭沒腦的說了一句：「我的生日很巧，也是九三年的三月十五日。」

「你說這個幹嘛？我沒興趣！」女孩聽到了我的聲音，總算是放下心。

我嘆了口氣：「妳知不知道，那年的三月十五日，究竟是什麼日子？」

「不知道。」興許是聽出了我語氣中的沉重，秦思夢小心翼翼的問：「三月十五，並不特別啊。難道有講究？」

「那一天特別奇怪，農曆是癸酉年，乙卯月，乙未日。我是中午十二點十二分出生的。」我的聲音頓了頓：「如果猜得沒錯的話，妳的出生時辰應該是凌晨一點十一分。對吧？」

秦思夢大吃一驚，「你怎麼知道？」

「猜的。所以說我們倆出生的那天很奇怪。」躺在冰冷的地上讓我很不舒服，便稍微扭了扭腦袋，「凌晨一點十一分出生的妳，聚集了整年的陰氣，屬陰年陰月陰日的絕陰人。而中午出生的我，匯聚著一年中最強的陽氣，屬陽年陽月陽日生。那個匯聚至陰至陽的那天，根據農曆曆法，三百年才會出現一次！」

「迷信！」校花不屑道。

「當然是迷信，但是周偉他們七個人顯然是信了。」我越發的感覺這個洞穴恐怕危機重重，或許，不是一個普通洞穴那麼簡單：「我最在意的，是周偉他們背後的主謀者。我倆的生辰，那個人是怎麼知道的？」

「風水學上，至陰至陽的兩個人，是用來破邪魔的。如果真是出了事情用來擋災的話，應該找兩個生於陽剛之氣最重的年月的男子才對。」我皺著眉頭，疑惑更多了：「他欺騙了周偉他們七人，將他們當槍使。綁架了我們，將我們扔在這個洞裡。目的，到底是什麼？」

在和平年代犯下這種大罪，顯然不可能僅僅只是在開玩笑。何況自己能夠猜測到，主謀者絕對是個心思細密的傢伙。他的目的，肯定不單純。

那個人，會不會和周偉提到的神秘小網站有關？

見我再次沉默，秦思夢忍不住開口打斷我的思考：「小古，我們，會不會死在這裡？」

「不會。」我搖了搖腦袋。

「可是我家的人不知道我來這座山郊遊。李欣那個賤人，一直跟我很要好，我也十分信任她。她約我郊遊，還神秘兮兮的要我不要告訴其他人。我還真是笨，當初怎麼就沒有警覺到有問題呢。一個郊遊而已，幹嘛要對誰都隱瞞！」秦思夢後悔到腸子都青了：「聽說，你一個人獨居？」

「是。」

「死了。誰都不知道我們被丟在這鬼地方。就算最後逮住了周偉他們七個，恐怕我們也早成了一堆屍骨，這樣你還覺得我們不會死？」

「不會。」校花比想像中更囉嗦，囉嗦到讓人厭煩，「妳不覺得奇怪嗎？為什麼所有人，包括妳這個和我接觸不多的人，都會覺得我聰明？」

秦思夢愣了愣，顯然是被我問住了：「對啊，為什麼？」

「因為我確實很聰明。」我冷哼一聲：「周偉以為把我捆住，我就逃不出去了？哼，他也太小看本人了！」

說著，我的手指開始緩慢的挪動，從手心中探出了一小截刀片來。當初發覺不妙時，自己假意逃跑，實則是極為隱蔽的將身上的小刀折斷一截，隱密的藏在手中。所以哪怕李欣搜身搜得再仔細，也沒將這段刀片給搜出來，「平時我就喜歡一些小魔術，要藏起一把小刀什麼的，易如反掌。」

「你有刀？」秦思夢驚喜道：「太好了，有救了。快把我身上的繩子割斷。」

「等一等。」我沉聲說。登山用的尼龍繩很結實，小刀片不順手，割起來很艱難。安靜的等了一會兒，校花不耐煩了，「快點啊！感覺這裡怪可怕的，而且地上越來越冷了。」

「都跟妳說了，等！」我被她吵得手一滑，刀片險些掉下去。

就在這時，突然感覺右手中指滑溜溜的，似乎是某種液體。我心裡一驚，怪道：「秦思夢，妳右手指上的傷口，還在流血嗎？」

校花感覺了一下，同樣大驚失色，「剛才明明已經止血了，但現在突然又冒出來了。而且量還不少！這怎麼回事！」

看不見的黑暗中，我和她都能夠清楚感受到血液從身體裡源源不斷的往地上流淌，止都止不住。

「該死！這洞穴果然有問題。」我著急起來，加快速度用力的繼續割繩子。如此詭異的地方，還是早點離開為妙。

可是沒等我安全將繩子割斷，危險已然降臨。本來漆黑沒有一絲光的陰冷山洞中，不知從哪冒出了許多幽幽螢光。螢光如同無數隻螢火蟲趴伏在地上，一動也不動。明暗間猶如呼吸般，將四周照亮。

「出什麼事了？哪兒來的光！」秦思夢的身體一僵，害怕的問。

事出異常必有妖。那些光點，絕非什麼螢火蟲。我不敢怠慢，努力的保持冷靜，繼續拚命割繩子。

美麗的東西，通常是致命的。螢色的光點迷幻無比，剛開始還只是在洞壁上，接著就逐漸朝我們躺著的地方蔓延過來。光點越來越近，山洞也被詭異的光勾勒出了本來的輪廓。

我緊張的打量了幾眼。這個洞穴大約數十公尺高，頂端是鐘乳岩。螢光色的光點無論我怎麼看，都看不出來究竟是什麼玩意兒。難道，是某種發光的菌類。見鬼，春城方圓百里，哪有聽說過出現什麼發光菌類的傳聞。

但是這無數螢光顯然也不是動物。它們彷彿早已分佈在洞穴四周，像隨意潑灑上去的水，呈現典型的液體潑濺狀態。

自己有種很強烈的預感，如果螢光物質在我們的身體下亮起，便是我和秦思夢斃命之時。

「你妹的，拚了！」螢光物已經離我只剩下了兩公尺遠了。它以每秒幾十公分的速度散播致命光亮，只需要再幾秒鐘，我倆就徹底完了！

「好美。」不明就裡的秦思夢陷入染滿洞穴的美麗螢光中，不自覺的無病呻吟起來。

就在螢光只剩下十公分距離時，我終於割開了繩子，身子一撐將剩餘的繩索脫開。拚命一跳，撲到校花身上，將她抱起就死命的逃。

說時遲那時快，螢光物質轉眼亮滿自己剛才躺的位置。然後又迅速的吞噬了秦思夢所在的地方，如果慢上那麼一丁點，恐怕兩人就已經被它覆蓋了。

該死，這些螢光物，究竟是啥玩意兒？

來不及思考，我抱著女孩使勁的躲著螢光物。它盛開在哪裡，我就朝相反的方向躲避，折騰了大約十幾分鐘。螢光物終於不再繼續擴散了，穩定了勢力範圍。

而我們最後蹲在一小塊不足一公尺寬的石台上，一動也不敢動。

「你在躲什麼？」秦思夢疑惑不解，「那些漂亮的螢光有危險？」

「不清楚，但小心一點比較好。這地方太詭異了。」我不知道該怎麼解釋：「站穩，我幫妳把繩子割開。」

俐落的割斷了她身上的繩索，我們看著綻放一地的螢光物，看著如夢如幻的山洞，一時間竟陷入了沉默。

真難搞啊，螢光物太密集，就連下腳的空隙也沒有。

「可這到底是什麼東西。」秦思夢指著那些螢光物，「我從來沒有看過類似的東西。」

「我也沒看過。但我有個猜測。」未知的東西，人類會本能的產生畏懼。我瞇著眼睛，仔細的打量。螢光物緊緊的貼在地上，猶如一層薄薄的油脂。散發的光芒並不刺眼。可是據我所知，能夠散發可見光的物質，通常都是具有有害輻射的可怕東西。

一想到這，心裡一緊。

「什麼猜測？」秦思夢從夢幻般的洞穴景觀中恢復了警覺，顯然她也覺得這些油脂般的螢光物質，恐怕不簡單。

「還記得洞穴出口處，那塊空地上的怪異小型哺乳類屍體嗎？」我反問。

「記得。」女孩點點頭，然後驚訝道：「你的意思是，那些神秘動物就是從這個洞穴裡跑出去的？」

「不錯。而且或許不光如此。」我指著螢光物：「我當時就猜，那些動物是中了劇毒才會腸穿肚爛慘死的。現在覺得，那些毒的來源，就是這個！」

秦思夢猛地打了個寒顫，向後縮了縮，想儘量離那些螢光物遠一些。剛剛還覺得它們美麗無比。可現在她眼中，這個絕美的洞穴重新變回了那陰森可怖、危機重重的凶地。

「那我們怎麼辦？」秦思夢絕望道：「那些該死的東西佔滿了整個出口，就連下腳的地方都沒有。如果它們真的有劇毒，我們根本就不可能逃得出去！」

我無奈的點點頭：「所以，只能朝山洞深處找出路了。」

石台背後就是深邃的通道，這條通道雖然狹窄，但容納兩個人並排通過還沒問題。洞穴屬典型的喀斯特溶洞，極有可能是經過山頂暗河千百萬年的沖刷而成。既然是暗河，洞中的空氣也並非死沉沉的完全不流動。那麼背後的小通道，或許真的別有出口。

我知道，這個決定很冒險。雖然散發螢光的油脂是否具有劇毒只是猜測。但誰又敢嘗試呢？能夠讓十幾隻動物的皮膚腐蝕，肚皮燒穿，這種毒碰了只有一個下場，便是痛不欲生的慘死。

所以選擇看似兩條，實則只剩冒險深入洞穴這唯一的一條了。

秦思夢雖然經常犯公主病，但人並不笨。她的結論跟我一樣。最終我倆不敢多停留，小心翼翼的從石台上走下，朝身後的洞穴一步一步的走了進去。

這些油脂物無色無味，但是鬼才敢確定，究竟會不會揮發出有毒物質，還是遠遠地離開比較好。

幸好越是遠離洞穴出口，螢光物越少。等真的進入隧道後，螢光物除了偶爾出現一些外，已經變得極少。我從身上摸了摸，掏出一部小巧的手機來。

「你、你竟然有手機！」秦思夢目瞪口呆的看著我將手機的手電筒功能打開，氣得咬牙切齒：「你到底把手機藏在哪裡了，居然沒被李欣那臭娘們搜出來。混蛋，剛才為什麼不用手機打電話求救？」

「別傻了。這座山根本就沒有基地台。山洞裡就更不可能有信號。我沒時間做註定白費功夫的事！」我不屑道。作為機警的人，防患於未然的道理自然是清楚的。出門帶兩支手機也純屬本性使然。

沒想到這次居然被這個無用的本性給救了一命。

秦思夢跺了跺腳，卻無話反駁。

LED燈的亮度在這個幽深潮濕的寒冷洞穴裡顯得特別刺眼。燈光彷彿切割奶油般，將黑暗硬生生切開。

我往前走了幾步，然後停下，又向後望了一眼。那個開滿了螢光色油脂的世界在不遠的拐角處閃爍，仍舊光怪陸離。

自己皺了皺眉頭。

油脂物散發螢光，總該有規律才對。顯然它們不是具有感光性，否則在終年沒有陽光的洞中，它們應該一直都發光才對。可這些螢光物的分佈，不光呈現液體的潑灑狀。而且……

想到這裡，我突然一愣。

為什麼！為什麼臨走前李欣要刺破我們的手指？最詭異的是，地上的石頭居然能吸血。回想起來，螢光物發光，也是我和秦思夢被割破的中指突然大量流血後，才開始的。

難道，這些螢光物，會和人類的血液產生某種化學反應？

我沒敢多想下去，不由得加快了腳步。這座位於春城遠郊的無名小山中的喀斯特岩洞，在自己的心中越發危險神秘起來。

或許，向前走是一種錯誤，大錯特錯，唯一的活路是往出口走，試一試那些螢光物是否有毒才對。

自己一邊往前走，一邊如此思忖著。

周偉背後的人，既然知道我和秦思夢的性格。那麼以他至今表現出來的心思細密程度，自然也不會遺漏我倆的性格。他或許知道我有辦法逃脫繩索，不會死於螢光物質的盛放。

不！他肯定能確定我會逃過這劫。那為什麼他依舊要算計我們呢？

難道真正的凶險，其實在這個洞穴的深處？

沒有走多遠，這個想法，居然隱隱被證實了。因為這個略顯狹窄的通道洞壁上，開始出現些本不該出現的東西。

一串現代的符號！

當燈光照射在斑駁的岩壁上，已經被冷到不行的秦思夢打著哆嗦，這時，突然看到了一串符號，頓時驚訝的大叫出來：「小古，你看這什麼東西？」

我瞄了一眼，瞳孔猛地一縮。

灰敗的岩石上，在一個大約離地面一百六十公分左右的位置，用紅色油性筆寫著B27.6536。溶洞裡十分潮濕，還好油性筆寫得很用力，否則字跡早就看不見了。

「怪了，真是怪了。油性筆應該出現於一九五九年之後，但看字跡的消褪程度。寫這些字的人，至少應該是距離現在六十年前，也就是一九五四年前，來過這個洞穴。

竟然比油性筆的發明都還早好幾年呢。真是，意味深長呢。」我越看這些字跡，越覺得頭皮發麻。

秦思夢一臉鬱悶：「沒聽懂。解釋解釋。」

「妳要知道，這世上大多數的發明，起先都是為軍方、政府以及擁有特殊身分的人服務的。」我一臉擔憂，「出現油性筆字跡早於發明時間的怪事，只意味著一件事，那就是擁有此類身分的人，率先用上了新的發明。而之後，發明的東西才轉為民用。可這就出現了一個新問題。油性筆最早出現於美國軍方。但美國軍方為什麼會在一九五四年派人到中國內地一座名不見經傳的小山洞裡來呢？」

我語氣頓了頓：「而且派出的人還不少。甚至，全都是精英。」

一邊說，自己一邊伸出手，指了指字跡，「妳看這裡。這串文字屬於探洞專用術語。B27，代表著第二隊，共27個人，6536表示寫字者的編號。他們組織性很強，而且絕對經歷過長期的軍事訓練。難道這還不算奇怪？」

聽完我的解釋，秦思夢已經驚訝到一句話也說不出來了。

我順著字跡往上看，終於辨別出一個已經剝落到只剩下淺淺影子的符號。那個符號斜指向前方。

「走吧，去前邊看看。」我有些疑惑，怪了，這個箭頭符號似乎哪裡有問題。

拐了個彎以後，我總算知道問題出在了哪！

第七章◆致命絕路

人在非自然死亡的情況下，最後一個動作會因為死因而呈現千奇百怪的狀態。溶洞拐角處，躺著一具屍體。這具屍體沒有穿衣服，手指僵硬的呈現握筆狀，可是手裡卻什麼東西也沒有。

最怪異的是，屍體居然沒有腐爛，甚至沒有因為溶洞的潮濕而出現屍蠟現象。這讓我心中的警鈴大響。

「哇，這個人居然裸體！」秦思夢用力的捂住了眼睛。

「好了，別扭扭捏捏了。現在隨便一部電影男的不裸三點，女的不裸兩點，那就不叫電影。我還真不信妳沒見過裸體。」我撇撇嘴：「而且，妳就不覺得這具屍體有些怪？」

「哪裡，哪裡怪了？」校花被我的直白弄得遮眼睛不是，不遮眼睛也不是。乾脆賭氣的將手放下，看了裸屍幾眼。這一看還真被她看出個端倪來：「這傢伙，居然是個老外！」

「不錯，看模樣是美國人。」我聳聳肩。男子的體格魁梧，帶有典型美國人才有的臉部輪廓。他像是沉睡了般躺在地上，長長的睫毛安靜的閉合著。從裸露的身體上，能看到發達的肌肉組織。這傢伙生前絕對受過長期的嚴格訓練，甚至極有可能是軍人。屍體趴伏在地，能夠看到的皮膚上沒有明顯的致命傷。

「一個老外怎麼會死在這兒。近期沒聽新聞說春城有美國人失蹤啊！」秦思夢眨著眼，疑惑不解。

我冷哼一聲，說出了一句令她完全意想不到的話：「因為他很有可能不是最近死掉的。」

「不是最近，那是多久？」校花傻傻的問。

我輕聲道：「大約，六十年前吧。」

「這怎麼可能！」秦思夢立刻被我的話給弄傻了，難以置信的提高了音量：「六十多年前的屍體，怎麼可能到現在都還沒有腐爛。」

「這也是我疑惑的地方。」我皺眉，「剛剛那串文字，明明是個左撇子寫的。而妳再看看這具屍體，他握筆的手正是左手。」

我指了指詭異屍體那左手抓筆的姿勢。

「這個美國人明顯是寫完字後，走了兩步，突然暴斃。所以我才覺得那些文字的最後幾筆有些怪，因為他快撐不住了。」我繼續說道：「至於屍體為什麼經歷了六十年也沒有腐爛。其實很好解釋。洞穴外那些暴斃的小型動物屍體，死了許多天一樣也沒有腐爛。

「或許，他也中了和那些怪生物同樣的毒。」

秦思夢驚訝到極點。但她顯然還是有些不願相信。畢竟這種事實在太超出常識了。

「總之小心點，這鬼地方越來越古怪了。誰知道前邊還有些什麼！」我嘆了口氣，將自己能否順利活著逃出去的可能性，又往下調低了些。

如果確實是毒素令這具屍體保持不腐爛的話，他裸體的原因，或許也能夠解釋。毒素將衣服都腐蝕掉了，甚至臨死前手裡握的油性筆，也難以倖免。可世間上有哪種毒，居然如此可怖。

真的和大洞中那些絕麗的螢光物質有關嗎？

一切的一切都令我迷惑不解。這個洞穴彷彿蒙著一層厚厚的迷霧，令人看不清。

那具屍體橫躺在冰冷的地面上，將路堵住了。我看了半天也看不出個所以然，只得說：「我們慢慢踩著石頭跨過去，千萬不要碰到屍體。鬼才知道他身上還有沒有什麼怪事。」

六十年都沒腐爛的屍體，不僅沒有乾枯，甚至像死於昨日。這由不得我不緊張。我指揮著秦思夢踩在自己指定的石頭上，以十分彆扭的姿勢往前攀爬。

自己是險之又險的在沒有接觸到屍體任何部位的情況下，過去了。但輪到秦思夢時，卻出了一個意外。

由於姿勢太過扭曲，這個健身不積極，只知道節食減肥，手臂力氣小到爆的校花顯然爬到一半就變得力不從心起來。

「小心。」眼看雙手抓住一塊凸起岩石的她險些一屁股坐在屍體身上，我連忙眼明手快的伸手一拉，將她給拖了過來。人雖然是拖到了安全的地點，但是秦思夢額頭上的一滴冷汗，卻被甩下去，準確的滴落在屍體臉上。

我清楚的看到了這一幕，頓時大叫不妙：「走，快走！」

說著拽住校花的手就想跑。說時遲那時快，僅僅一滴冷汗，就發生了連鎖反應。落在屍體臉部的冷汗，彷彿打破了六十年來的平衡般，屍體以冷汗落下的位置為中心，開始崩潰。

皮膚潰爛，散發出驚人的惡臭。冷汗腐蝕著皮下組織、肌肉、血管，最後透入裸露出的顎骨。屍體皮膚潰爛的速度極快，只是幾個眨眼的工夫，一個一百八十公分高的人，全身皮膚都消失了。露出皮下脂肪和一絲一絲的肌肉纖維。

肌肉纖維只是保持了一秒鐘的靜態，然後也加入了崩塌行列。最可怕的是，整具屍體自始至終都沒有發出任何聲音，也沒有血液噴出。悄聲寂靜的毀滅著。隨著屍體的崩爛，惡臭更加刺鼻了。

一襲黑煙隨著臭味從屍體肚子裡冒出來，懸浮在空氣中，被風一吹，就朝我和秦思夢襲來。

黑煙飄飄蕩蕩，碰到了一旁的岩石。岩石竟然以眼睛可見的速度被侵蝕了一大塊。還好這個洞穴的風很小，可黑煙已然離我倆不太遠了。

「好、好可怕！」秦思夢嚇得牙關輕顫，不斷發出上下顎的磕碰聲。

「白癡，發什麼愣。還不快跑！」我不敢停留，拖著她就逃。這可憐傢伙被嚇傻了，腿都動不了了。

黑霧凝而不散，不緊不慢的追在我們身後。我一邊照明一邊拉著秦思夢，急得冷汗直冒。還好，轉過了幾個拐角後，風便停了。黑霧沒有風作為推動，自然也就滯留在原地。自己這才鬆了口氣。

遠遠的用燈照了黑霧幾下，那團黑煙猶如黑洞，居然連光都透不進去。我苦笑連連，現在好了，完全沒了退路。一團連石頭都能腐蝕的煙霧，人碰到還不變成爛肉？唉，這鬼地方，比自己想得更加凶險。

秦思夢一臉煞白，總算緩過了勁兒，結結巴巴的道：「小古，那煙是什麼玩意兒？」

「我怎麼知道。我只是智商高，不是google。」自己沒好氣的回答。本來生存機率已經夠不令我看好了，還帶著這個只有漂亮臉蛋的拖油瓶校花。前景堪憂啊！

周偉背後的混蛋，恐怕早算計好了。分明是逼我入絕路啊！混帳，如果真讓我逃出去，老子古塵發誓，一定要將他挖出來，五馬分屍、人道毀滅。

抹了抹不停往下流的冷汗，我揉揉臂膀。越是深入洞穴，裡邊的空氣越發的潮濕陰冷。陣陣陰氣充斥四周，侵蝕著皮膚，冷入骨髓。明明沒有風，但是耳朵裡仍舊能若有若無的聽到淒厲的慘嚎。

「哪裡來的慘叫聲，怪可怕的。這洞裡有人？」秦思夢嚇得朝我緊貼過來。

「不是人的聲音。」我搖頭：「應該是不遠處有些空穴，被風一吹引起了風洞效應。」

我看看手機的電量，已經走了一個小時，儘管關掉所有功能，電仍舊減少了一格。在這個沒有任何光亮的恐怖世界中，失去了光源，我倆也只能站在原地等死了。

「走快點，有風洞的地方，肯定有出口。」我說著，不由得加快了腳步。風洞產生的淒厲慘嚎很尖銳，就像是無數隻乾枯的鬼手在玻璃上劃來劃去，讓人聽得毛骨悚然。縱然有任何別的選擇，我也不願意往那個方向走。雖然和秦思夢解釋說那地方或許有出口，但自己心裡明白。

世上哪有什麼風洞，能夠產生如此恐怖的聲音。前方，或許比身後的嗜血黑霧，以及疑似有毒的螢光油脂更加危險。

你妹的，自從進入溶洞後就沒有出現過好事。好歹讓自己猜錯一回吧！

雖然走得快，但是我的心已經提到了嗓子口，精神高度集中。誰知道邁出哪一步時，又會出現更加詭異的狀況。有生以來，第一次自己覺得聰明的大腦是如此的無用，自己也如此的無助。

走在我身旁的秦思夢精神狀況已經非常不好了，她不停的嘰哩呱啦些有的沒的，使勁的抱怨。我恨不得將她敲暈後扔在洞裡不再理會。

但終究還是忍住了。在這危機重重的鬼地方，就算是有個拖油瓶在一起，也是種慰藉。又往前走了半個多小時，還好沒有再發生什麼詭異狀況。淒厲的風聲時遠時近，我倆身旁的空氣始終死水一潭，沒有絲毫流動。

我很怕這種污穢的封閉溶洞中，會出現致命的瘴氣。但幸好自己的擔心並沒有成真。雖然我還是從地上石頭的痕跡上，發現了這裡曾經充滿瘴氣的事實。

皺了皺眉頭，我猛地蹲了下去，撿起一顆石頭仔細打量。

被我突如其來的動作嚇了一跳的秦思夢立刻停止了絮叨，問：「小古，你怎麼了？」

「妳看這些石頭。」我將石頭遞過去。石頭很普通，隨處可見。

校花果然什麼都沒有看出來：「石頭怎麼了？」

「地上的這些石頭很有趣。」我冷哼了一聲：「妳看，上邊有燒過的痕跡。」

「什麼意思？」秦思夢沒弄明白。

我聳了聳肩，「很簡單。有人在這裡點過火，將瘴氣燒光了，所以我們現在才沒被毒死。」

「是六十年前來的美國人嗎？」秦思夢想起了剛才的屍體和文字。

我搖頭，「不是。所謂瘴氣，大多是從洞穴石頭縫隙冒出來的有毒氣體。它們每隔一段時間都會湧出一些。這座山頭幾十公里外有個天然氣採氣站。可想而知，這洞裡的瘴氣應該是含有天然氣的毒氣。這種毒氣有個特點，遇火就燃，但只需要一兩年，就會再次灌滿封閉空間。」

「你是說，」秦思夢一驚，她已經明白了我的意思。頓時煞白的臉更加蒼白了，「最近有人來過？」

「應該是很近的近期。」我用手捏著石頭，死死的捏著，直到發痛也沒有鬆開。那個近期來過的人，肯定和周偉背後的影子推手有關係。或許他自己派來的人死光了，就乾脆開個網站，做了尋寶app，吸引好奇心重的人來送死。

但是，周偉他們七人到底有什麼把柄落在那人手中。而他一定要將我和秦思夢推入這個比地獄更加可怖的地方，難道真的是因為我和校花一個至陽一個至陰的生辰？

一個心思如此細密的傢伙，不應該會這樣迷信。或者，其中有什麼我尚未猜到的原因！混帳，洞穴裡到底是有什麼秘密，不只是六十年前的那一大隊美國人，就連那個影子不惜要人深入洞裡，罔顧法律、人命，也想得到。

對此，我越發好奇起來。

我苦笑，自己的好奇心，還真是莫名其妙的難以壓抑啊！

不再無意義的繼續思考下去，自己清楚得很，只有順利逃出生天，才能將那個混蛋揪出來繩之於私刑。我已經在心裡陰森的想過無數個辦法報復那群人了，特別是在四周越來越壓抑的情況下。

不流動的空氣，壓抑的氣氛。真的會令人發瘋。

我們沒有停留多久，便再次前進。走著走著，秦思夢已不再嘀咕了。沒了她的抱怨聲，周圍頓時陷入死寂中。昏暗的燈光艱難的刺穿眼前的黑暗，空間中，寂靜得只剩下腳步聲，以及刺骨的涼意。

當手機上的時間指向午夜十一點時，終於眼前豁然開朗。我們如願走出了狹小的通道，來到一塊更大的空間中。

這是個比前一個洞穴更大的溶洞。倒吊的鐘乳石就在舉手可觸的地方，每根鐘乳石上都有液體緩緩滴落著。滴答、滴答的聲音不絕於耳。

「這地方的空氣，似乎比裡邊新鮮。」秦思夢用力吸了兩口，頓時感覺精神一振，「難道出口不遠了？」

我沒說話，心裡明白哪有那麼簡單就能逃出去。否則那美國人和周偉背後的推手，幹嘛費那麼大力氣？

忙著用手機光照向四周，只看了兩眼，自己就感覺一陣陰冷從腳底竄上脊背，整個人都恐懼到石化了！

「趴下！」我壓低聲音，一把將秦思夢按在地上。自己也死死趴在地上，一動也不敢動。

不遠處，幾十團剛才在通道中見到過的黑色霧氣正飄來飄去。這洞穴裡確實有風，而且還很大。黑霧被風推著，從東飄到西，從西飄到東，一刻也不停。這詭異的霧狀物，究竟是什麼物質成分構成，我實在搞不懂。

明明是霧，但偏偏又從不相互融合，也不會被風吹散。結實得像是固體。兩團同樣的霧氣撞在一起後，會安靜的彈開，以同樣的速度排斥著對方。

我的眼睛緊張到快要充血了，眼巴巴的看著幾團撞到一起的黑霧彈開後，有兩團朝我們飄過來。秦思夢同樣也看到了，她嚇得要死，剛想要尖叫，就被我用力捂住嘴。

我怕說話尖叫引動的氣流攪動，會產生更可怕的連鎖效應。

還好，黑霧穩定的飄浮在離地面大約一公尺的地方，險之又險的從我倆的腦袋上緩緩移動過去。就在快要徹底離開我們時，突然一股風吹了過來。

秦思夢烏黑的長髮被吹起，其中一根巧之又巧的碰到了黑霧的邊緣。頓時黑霧如附骨之蛆般，又像聞到了腥臭味的蒼蠅似的，不再動彈。

就連風也吹不動了。

被碰觸到的髮絲以極快的速度被腐蝕，彷彿乾柴遇到了火，順著那根頭髮，一股黑霧爬了過來，朝秦思夢的腦袋爬去。

秦思夢再也忍不住了，大聲尖叫。

「靠，給我閉嘴！」我大罵道。以迅雷不及掩耳的速度，用左手繼續堵住她的嘴，右手上的刀片一揮，飛快的割斷了那撮被黑霧吞噬的長髮。

嘴對著就要落在女孩身上的頭髮一吹，頭髮帶著那致命的黑霧飄飄蕩蕩的飛遠了些。險之又險的落在秦思夢的衣服旁只有幾公分的位置。

潮濕冰冷的石灰質地面立刻被黑霧灼燒般腐蝕出一個空洞。看得人直發悚。

「差點死、死定了。」秦思夢嚇得結結巴巴，許久才憋出這句話。

我沒好氣的瞪了她一眼：「有點腦子好不好。不要遇到事情就尖叫，難聽死了。」

「我！我！」校花氣到不行，但偏偏反駁不了。只得嚥下了這口氣，「小古，哪來那麼多黑霧的？」

「很容易猜測。洞穴裡那個美國人，屍體朽爛後肚子裡就產生了黑霧。」頭頂的黑色煙霧在失去了憑依物後，終於被飛吹跑了。我們稍微安心了些。用手機光源照了照不遠處，我說道：「妳看那裡！」

秦思夢順著我照出的光線望去，只看了一眼，整個人都快嚇瘋了。

屍體，密密麻麻的屍體。難以細數的屍體躺在不遠處的岩洞地上，有的泡在充滿了石灰質的水中，有的倒在岩石上，甚至還有幾具屍體被詭異的卡在洞頂高達五六公尺的倒吊鐘乳石中，被刺穿了肚子。

每具屍體死前的姿勢都不同，但有一點相同的是，他們全都沒有衣服和皮膚，腸穿肚爛。有些屍體光禿禿白森森的骨架上，尚且還殘存著幾縷肌肉組織。而更多的，雖然保存著完整的體貌，但內部早已經變成了空殼。

最令我毛骨悚然的是，那些如同羊肉串般，被串在五公尺高多的鐘乳石上的屍體。這些屍體明顯是被某種東西給甩上去的。

但是究竟什麼生物，能有那麼大的力氣，能夠把十多個高達一百八十公分，重達一百公斤以上的壯碩男性，扔到溶洞頂端。甚至還有餘力，突破人類肌肉組織和骨架的阻力，硬生生將人刺入石灰質的鐘乳石上。

要知道，人類身體的阻力絕對不小，何況他們還穿著結實的衣物。這些壯碩男子被拋出去的初速度，恐怕不是一般的大。

我頭皮發麻的思忖著，越發覺得這個洞穴裡隱藏的黑暗謎團越來越大。

「現在好了，至少知道，六十年前剩下的美國人，究竟去了哪裡。」我自嘲的苦笑了一下，嘴裡全是苦澀。

自己和秦思夢，真的能活著逃出這個洞？

形勢，不容樂觀！

第八章◆怪異骷髏頭

知道什麼叫螃蟹效應嗎？把螃蟹放到不高的水池裡時，單隻螃蟹可能憑著自己的本事爬出來，但如果有好幾隻螃蟹，牠們就會疊羅漢，總有一隻在上，一隻在下，這時底下的那個就不幹了，拚命的爬出來，並且開始拉上面螃蟹的腿，結果誰也爬不高。這就是螃蟹文化。

釣過螃蟹的人或許都知道，簍子中放了一群螃蟹，不必蓋上蓋子，螃蟹就是爬不出去的，因為只要有一隻想往上爬，其他螃蟹便會紛紛攀附在牠身上，結果就是把牠拉下來，最後沒有一隻能夠爬出去。

等風終於將無數團黑霧吹到遙遠的洞穴西方，暫時無法威脅到我倆時，時間已經過了一個半小時。

手腳僵硬的我和秦思夢這才敢爬起身。自己在第一時間便衝過去，仔細打量躺在地上的屍體。

六十年前出現的美國隊伍大約二十七人，隧道中死了一個，其餘二十六人全都橫屍在這裡。剩下的其他眾多屍體，難以清點。

之所以能很快的分辨出這些美國人，正是基於螃蟹效應。六十年前那支美國人的隊伍紀律森嚴，經過嚴格的訓練。所以哪怕是死，都保持著隊形。這隊人剛好二十六個。他們應該是在洞裡遭到突如其來的攻擊，因為洞中到處都是戰鬥過的痕跡。

青銅子彈殼撒落一地，還有許多古董手槍呈現拋灑狀，槍身上滿是斑駁的印記。對面的牆壁上甚至佈滿密密麻麻令人會產生密集恐懼症的彈痕。

至於美國人的敵人是誰，肯定不是別的屍體，甚至，我都不敢說他們戰鬥的對象真的就是人類！

因為，實在太不像了。

至於，美國隊伍以外的屍體，呈一盤散沙狀。我甚至撿到一紙身分證。身分證殘破不堪，已看不太清字跡。不過這個人卻是一九九〇年出生的，若活到現在，不過二十四歲。

這些應該是近期才進入洞穴的人，真的印證了螃蟹效應，每個人都想活下去，他們拚命逃跑。不惜拉別人墊背，永遠不希望自己跑在最後一個。結果便是，所有人最終都沒有逃掉。

全死了。

我瞇了瞇眼，嘖嘖稱奇，「怪了，這些人的敵人，明明最多只有幾個而已。可無論裝備齊全的美國人，還是散沙一般最近才進來的人，都難以逃過一劫。究竟攻擊他們的到底是什麼玩意兒！」

多看了幾眼，我渾身一抖，又看出了些端倪來！

地上散落著許多的槍枝，有轉輪手槍，也有步槍，不知是不是軍用型號。我猶豫了一下，最後還是撿起一支古董步槍仔細打量。一看之下，我額頭上的冷汗便不停的往外冒。

這把槍型號不明，槍管經過強化，散熱片密密麻麻的鑲嵌在槍管上。可想而知扣下扳機後，發射出的彈幕到底會有多麼密集。但哪怕如此，這群美國人仍舊沒有逃過死劫。

他們面對的東西，到底有多可怕。甚至就連這堅固的槍管，都被扭成了麻花。我看著手裡的步槍，沉默不語。

扭曲的槍管顯然是被某種靈長類動物的前肢掰彎的。可到底是哪種生物能有如此大的力氣？

在春城近郊，一座名不見經傳的小山中，不可能出現如此可怕的怪物才對。如果真的有，怎麼我這個瞭解各國各地民俗，比自己本身還多的人，會一丁點流言也沒聽到。更何況，本地的歷史、野史，甚至縣誌上也根本就沒有任何類似的記載！

不由自主的，我又想起洞穴外中毒死去的神秘小型哺乳類生物。難道這洞穴，擁有一個封閉的不為人所知的環境。所以才會一路出現如此多我聞所未聞的恐怖東西？

不對，總覺得有哪裡不太對！

秦思夢到處打量，本來膽小的她剛剛還瑟瑟發抖，但是看屍體看多了，反而免疫了，「這些人死得好慘。」

我嘆了口氣：「這隊美國人應該不是軍人，而是職業傭兵。他們用的並非軍用武器，而是威力更大的訂製武器。真是古怪啊，前仆後繼的來了這麼多人送死。但是我卻找不到有生物在這裡生存過的痕跡。」

和這些人戰鬥的對象，自始至終也沒留下蹤跡或者屍體，令我益發的一頭霧水。

「那些該死的黑霧飄過來了。」

不錯，洞穴裡的風改了方向，將黑色致命煙霧朝我倆吹過來。我快速的從身上掏出一個塑膠袋，從屍體上、地上撿了些東西塞進去，然後扯著秦思夢拔腿就跑。

這一跑，跑了半個多小時，黑霧滿洞穴追趕著我倆，甚至有幾次是險之又險的躲過去。我和秦思夢不停逃，好不容易才找到一塊安全的地方，正準備跑上去。結果這位霉運纏身的校花又出了差錯。

她被某種物體給絆倒了！

我沒有猶豫，立刻將她徹底壓倒在身子底下。幾團黑霧飄飄蕩蕩的飛過去，離我的腦袋只有一公分距離。

自己無比慶幸，還好我沒有留太長頭髮的習慣，否則真要交代在這詭異的地方了。黑霧遠去後，秦思夢這才喘著氣，按住急跳的心臟，揉揉自己發痛的腿。突然，她的手碰到了絆倒自己的物體。指尖傳來異常冰冷的觸感，她「咦」一聲，隨手將其拿起來。

當看清了那東西時，她發出了刺耳的尖叫聲！

「吵死了！」我呵斥的語句剛脫口，也被嚇了一大跳。只見女孩手裡拿著的，居然是一顆白森森的骷髏頭。

「哇，哇嗚。噁心死了！」秦思夢大叫大嚷，一把將骷髏頭扔回了地上。

而我的視線，卻在驚訝過後，留在了骷髏頭上。心中思緒萬千，怪了，這裡怎麼會有個骷髏頭！

打從進入洞穴以來，見到了無數屍體，本來有骷髏頭也不算什麼。但如果每具屍體都保持著去皮留肉，不腐不爛的狀態，就令人覺得詭異了。

自己還沒見到有哪具屍體頭軀分家，那這多出來的骷髏頭，到底是怎麼回事？從哪裡多出來的？

我皺著眉頭，老是覺得有些介意，於是伸手將骷髏頭拉了過來，這一拉，立刻就察覺出了問題。

不對，重量不對。

骷髏頭風化嚴重，雖然是在充滿石灰質水氣的潮濕洞穴裡，但骷髏頭卻一直處於脫水的狀態，骨質疏鬆了，鈣也流失嚴重。頭骨上全是坑坑洞洞，這是鈣析出留下的痕跡。

這種骨頭，本應該極輕的。但是手裡的頭骨，卻異常的沉重，沉重到，像是頭骨中藏著些什麼。

我將頭骨放在地上，用順手撿來的石頭輕輕一敲，頭骨立刻猶如被太陽曝曬過的脆化塑膠，徹底粉碎。

頭骨中隱藏的物體也隨之裸露出來。那是由許多片乾枯的麻花稈莖稈結成的網兜。

兜裡用麻花稈葉子包裹得方方正正，體積不大，重量倒是挺沉的。

來不及細看，黑霧再次飄了過來。這次有兩團飄得很低，如果再不離開的話，就沒有活路了。

「走這邊。」慌忙中，我指著東邊說。

秦思夢略有些詫異，剛剛一路逃跑，我從未指過路。但現在卻明確的指出了方向。這女孩也不笨，一邊跑一邊問：「頭蓋骨上有逃跑路線？」

「白癡，當然不可能有。不過那頭蓋骨，倒確實是張指路明牌。」我往東邊躲過去，見黑霧沒有吹來，更加的堅定了信心，「那個頭蓋骨骨質疏鬆，鈣流失嚴重。出現了明顯的風化作用。這種情況在潮濕的溶洞裡只有一種可能，那便是頭蓋骨一直都位於風口處。」

「如此大的風，只有真正的出口才會有？」秦思夢眼睛一亮。

「不錯。賭賭吧，總之在這鬼地方，黑霧的飄動速度越來越快，我們就快要沒路逃了。」我撇撇嘴，加快了腳步。

嘴裡說著，但心中又是另一番想法。讓美國傭兵和大量另一勢力死亡的神秘生物還沒有出現，哪有那麼容易逃出生天？否則他們豈不是死得很沒價值？

剛這樣想沒多久，東邊的路就狹窄起來，又多走幾步，一個令我驚訝的狀況出現了。

眼前出現了一輪明月，皎潔的明月。明月映著樹梢，銀色光芒灑滿的世界朦朦朧朧。自己的腦袋被強風一吹，明顯更傻了。

北風在臉上使勁的刮，吹得一頭髮絲亂竄。秦思夢的長髮也猶如精靈般在風中晃來晃去，她同樣一臉呆滯。

過了好久，我倆才對視一眼。秦思夢一屁股癱軟在地，不確定的小聲道：「我們，我們，逃出來了？」

「好、好像是吧。」我眨著眼，不知所措。

周圍的景色在月光下很清晰，我倆的確是在溶洞的某出口處，出口外便是莽莽森林。

你妹的，這是怎麼回事？這算怎麼回事？雷聲大雨點小的反差感令我有些回不過神。周偉背後的推手費了那麼大的力氣，讓周偉他們七人將我和秦思夢幾乎是以獻祭貢品的方式，哄騙過來，五花大綁扔進洞中。

而那洞穴也確實怪異。六十年前一隊裝備精良的美國傭兵死了，近期陸續進來的數百個探索者也死了，似乎沒有一個人能活著離開那裡。

但是，我和秦思夢，沒費什麼力氣。雖然幾次遭遇生死劫，可都有驚無險的躲了過去。而出口也順順利利的找到了。這種事，可能嗎？甚至令所有人全滅的罪魁禍首，也從未見到。

自己的運氣，真的有那麼好？

我疑惑不解，可是再疑惑，也無法抹滅自己和校花真的逃出洞穴的事實。我摸摸發痛的腦袋，伸手將只剩下一半電源的手機湊到眼前，打開 GPS 功能後，沒多久，就定位成功。地圖上的小小藍色標誌，正是我倆現在的位置。

遠郊的山頭沒有詳細地圖資訊，藍點閃爍的位置是在距離我們攀爬的那座山大約十公里的另一座山頭，離公路也不算太遠，只有二十多公里。

「休息一下吧。天亮了我們就下山。」我沒敢在那個詭異的山洞洞口多做停留，而是拉著臉色同樣複雜的秦思夢來到了一棵大樹下。

我們爬上樹梢，坐了一整晚。

又饑又餓又渴的發呆，好不容易才將午夜熬過。春城夏天的太陽出來得很早，沒多久雲層就被陽光刺破，世界變得明亮起來。

我們這才鬆了一口氣，跌跌撞撞的步行二十公里下山。足足用了十個小時，後來攔到一輛過路的車，回了春城。

時間，離郊遊那天，過去了足足兩天。

沒有先回家，我攔著急著回去的秦思夢到了一家購物中心，換了套新衣服。吃頓豐盛的晚飯，兩人捧著肚子，大眼瞪小眼相對沉默了許久。

「你想說什麼？」秦思夢最終忍不住，打破了平靜。

我用勺子攪動咖啡，卡布奇諾上的白色泡沫被攪得支離破碎，「關於周偉他們七人的事情，暫時不要報警。」

聽到這句話，秦思夢險些憤怒的大聲尖叫。還好她在人前比較矜持，忍住了，「你什麼意思。不要報警？哼，你自己看看我的臉。我像軟腳蝦嗎？被人坑了，居然還不聲張？要知道，我們險些死了！」

「我知道。總之，先不要報警。」我將卡布奇諾湊到嘴邊，平靜的喝了一口。

「你又在敷衍我。混帳，在洞裡時我就忍你很久了，都出來了，你還想繼續欺負我啊。老實告訴你，我秦家勢力不小，社會地位也不差。總之我就要報警，我要出動全家族的力量，弄死他們七個。」秦思夢狠狠的捶著桌子：「你管我！你敢繼續管我試試！」

這傢伙一臉不被家長重視的吃虧小女生模樣，看得我撓了撓頭。

「不要報警！」我加重了語調，仍舊還是這四個字。

或許是洞穴裡以我為主導的餘威猶在，加重語氣後，將秦思夢的氣焰打消許多。她死死盯著我看，看得出我非常認真，這讓她安靜了下來。

「讓我不要報警，嚥下這口氣的話，也不是不行。」秦思夢將手抱在胸前：「總要給我個不報警的理由吧？」

「理由啊。」我又撓了撓頭：「如果我說是男人的直覺，這算不算理由？」

秦思夢「噗嗤」一聲笑了出來：「你認真的？死醬油臉，男人哪裡會有準確的直覺。第六感明明是女人的專利。」

「我就當妳答應了。」我撇撇嘴。跟這位校花在一起真的很讓人厭煩，還是達到要求後，早點離開吧。還有，我什麼時候變醬油臉了？呃，自己似乎確實不怎麼愛笑。

總覺得這件事的後續恐怕不簡單。

「好吧，畢竟是你救了我好幾次。沒你我早死了。」秦思夢嘟著嘴，總算答應了。

雖然她不清楚我為什麼不准她報警，但她知道我不會無的放矢。

這段對話後，我們又陷入沒話可說的沉默中。

「好啦，我走了。」校花覺得氣氛彆扭，從桌子前站了起來：「買衣服、請吃飯的錢，我改天還你。」

「不用了，妳都說是請的了。」李欣離開前拿走了秦思夢所有的東西。還好我從來都是個想很多的人，身上什麼東西都會弄兩份。

「那就謝了。」秦思夢走了兩步，最後，還是猶豫著又回過了頭，「喂，醬油臉。你就沒想過要我的手機號碼？」

我心事重重，「哦」了一聲：「好吧，妳說說。我存起來。」

「白癡！真是白癡。我總算是明白了為什麼你人長得還不錯，又聰明，但直到現在都沒人喜歡了。」校花氣得直跺腳，隨手扯了張餐巾紙寫下一串電話號碼扔給我：「給你。死醬油臉。」

我頭也沒抬一下，一臉送瘟神的表情。

秦思夢氣到不行，沒辦法又走了幾步，結果還是再轉過頭來。她臉上的氣惱突然消失得一乾二淨，只是默默道：「小古。事情還沒完，對不對？」

「我總覺得事情不太對。我們逃出來，逃得太簡單了！」

秦思夢的話，也代表著我的想法。她說完後一步不停的離開了。我則仍舊坐在沙發上發呆，發呆到深夜，餐館快要打烊時，才慢吞吞的出門離去。

我走在街燈縈繞的喧鬧街道上，春城人喜歡熱鬧，哪怕是很晚了，各條小吃街也同樣熱鬧非凡。我感慨的看著這個繁華世界，只不過在那個洞穴待了一晚而已，就彷彿隔了幾個世紀，幾輩子。

死裡逃生的感覺很彆扭，直到現在都沒有真實感。

躊躇了一番後，我沒有回租住處，而是來到大學的社團活動室。這間活動室是我專門向學校申請來做民俗學研究的，社團自始至終只有我一個人。不過由於我本人寫的幾篇論文僥倖在許多家知名專業報刊雜誌上發表過，學校也破了例。

出了被周偉他們七人當作祭品的事，我老覺得住處不安全。誰知道他們發現我和秦思夢逃出來了，會有什麼過激反應，還是待在社團活動室安全些。

那晚，我整夜都沒睡著，一躺下就翻來覆去，滿腦子全是問號。最後只好起來整理從那詭異溶洞裡帶回來的東西。

詭異的螢光物質，我避著秦思夢，冒死用玻璃瓶裝了一些。玻璃是最穩定的容器，跟很多化學物質都不會產生反應。這種擁有劇毒的螢光油脂物，一離開洞穴後就不再發光，變得普通起來。

美國傭兵的裝備，我用手機照了幾張照片，準備利用網路查查來源。至於從骷髏頭裡得到的包裹，以及骷髏頭本身，自己已經有了打算，或許我所有的疑惑，都裝在那陳舊的包裹中。但是，我卻遲遲沒有打開它。

將螢光物質和頭蓋骨各自裝入新的瓶子裡，我將它們打包，寫好地址，準備明天送去檢測機構做全面的檢查。

忙碌了一晚上，我揉著惺忪的眼睛離開活動室，腦子仍舊繁瑣的思索著每一步，周偉他們七人只是炮灰，最重要的是他們背後的推手，那個影子人。

挖不出他來，弄不清他的目的，我根本就坐立不安，誰知道會不會在自己最鬆懈的時候，那混蛋又冒出來，將另一個大陰謀扔在我頭上？

洞穴裡的許多疑點，我完全解不開。為什麼自己能輕易的逃出來，還得到了包裹。包裹裡的東西，是否就是六十年前的美國傭兵以及此後陸續進入洞中的人，甚至是周偉背後的影子人都想得到的物品？

誰知道。

我不讓秦思夢報警，就是想將周偉七人一個一個的擊破。揪出那鬼鬼祟祟、心思縝密高智商的影子人來。而自己要突破的第一個人，就是李昌。

這個人虎頭虎腦，腦袋不靈光，很容易套話，突然看到我出現，他肯定大吃一驚，驚慌失措下一切知道的東西都會吐出來。

可是當自己滿腹信心的到李昌的教室找他時，卻得知這混蛋居然已經失蹤好幾天了。他是心虛，不敢回學校嗎？

我沒猶豫，馬不停蹄的趕去他租的公寓。公寓的電梯似乎壞了，按了也沒反應。我爬樓梯到十五樓，剛走到公寓門口，還沒敲門。

突然，有股怪異的味道傳入鼻腔。

我到處嗅聞，最後在電梯前停住了。我發瘋了般將電梯撬開，只看了一眼，頓時一股惡寒從腳底爬上了脊背。

我整個人，都呆了！

第九章 電梯凶間

科學家說，打哈欠是為了幫大腦降溫，關係越親密的人，打哈欠越容易傳染。而患有憂鬱症的人，即使看到別人打哈欠，也很少打哈欠。

李昌就覺得自己最近得了憂鬱症，因為他明明很睏，卻不會常常打哈欠了。很久沒有打哈欠了。

據說只有死人才不會打哈欠。或許，自己從那天起，就已經成了行屍走肉吧。

自從那天和好友周明玩過一場怪異的遊戲，吃過一頓無聊的宵夜後，他們七個人的人生至此徹底改變。改變到就連老爸老媽，甚至於他自己，都認不出來了。

李昌很想丟下一切，不讀書了，回老家。他最近常常回憶老家的模樣。家裡很窮，他和父母住在一條巷子深處。

那鬼地方彷彿時代片中上世紀八十年代最常見的小巷，散佈著若干個院門，若干水泥板連成的一條小路。年頭久了，步行或是推著自行車走在上面時，水泥板隨腳步匡噹作響，若是下雨天，沒準還會從縫隙裡濺出一縫泥水，落到鞋面上。

通向自家唯一的小路旁，牆角縫隙很大，青草挨挨擠擠地露出頭，夏天裡的幾場雨後，它們爭相瘋長，迷離草色上，開出雛菊樣的花。花，總是在風裡微微搖晃，多看一會兒，就會看呆住。

唉，還真是患上了憂鬱症。不是有人說只有快死的人，才會緬懷過去嗎？他們七人已經照著那個人的話做了，詛咒應該解除了。

李昌搖晃著腦袋，提了兩瓶小酒走進公寓的電梯間。電梯發出單調蒼白的「叮咚」聲，金屬門朝著兩側緩緩滑開。

電梯間的燈早就壞掉了，電梯裡慘白的光射出來，像是一團詭異的白色油脂，腐蝕著周圍的黑暗。

「好冷。」李昌摸了摸裸露的臂膀，打了個冷顫。電梯間還真是陰森的地方，明明今天的溫度高達三十多度，怎麼還會如此冷？

他剛想走進電梯，突然，面前的電梯抖動了一下。還沒來得及進去的他眼巴巴的看著電梯門居然莫名其妙的關閉了。

「搞什麼啊！」李昌大罵著，使勁的一腳踢在電梯門上。金屬材質的門發出「乒乓」響聲，刺耳得很：「這個破公寓，如果不是老子沒多少錢，絕對不住這鬼地方。」

李昌租的公寓確實很老舊，電梯也經常出問題。要不是他新交的女友非要他單獨出來住，家庭不富裕的他肯定不願意花這點冤枉錢的。為了房租，他還要打一份挺繁瑣的工呢。

電梯的指示燈，緩緩朝最頂層移動。就在他憤怒不已的時候，耳朵裡猛地又傳來了一聲「叮咚」聲。這是電梯就位，開門的聲音。李昌愣了愣，朝右邊看去。

這一看，他整個人都呆了。

右側同樣有一部電梯，已經開啟了。金屬的光澤伴著慘白的燈光，讓人看得毛骨悚然。

李昌咕噥著：「這鬼地方好像是一梯四戶的老房子，什麼時候冒出第二座電梯了？」

說是這麼說，他卻也不敢確定。畢竟剛搬來不久，誰知這棟公寓是不是確實是兩座電梯，而他從來就沒有注意到而已。不過那座從未注意到的電梯看起來似乎很恐怖。

電梯裡空空蕩蕩的，地面似乎還有某些可疑的紅色噴濺物。噴濺物已經乾涸了，如透明膠般貼在地板和牆面下方。但是在微弱光線的照耀下，還是顯眼得很。特別是電梯中，不停往外冒著刺骨的涼氣。

「或許我從前真沒有注意到吧。」李昌撓了撓腦袋，心裡終究還是有些害怕，不敢進去。他瞅著左邊的電梯。可是電梯到了頂層十八樓後，就固定在了那兒，完全沒有準備下來的意思。

「該死，到底是什麼人把電梯門給堵住了。還要不要人活了！」他罵道。用力按了按向上的按鈕，左邊的電梯仍舊沒有任何反應。

李昌看了看錶，已經晚上十一點了。今天爬山很累，而且又做了那種事。要他爬樓梯，他絕對不願意，等了又等，電梯還是沒有從十八樓下來。他只得罵罵咧咧的走進右側那部現成的電梯中。

一進門，李昌就感覺裡邊的溫度，似乎比外邊冷得多。大約只有十七八度左右。穿著單薄的他不由得抱起了臂膀，「誰把冷氣開這麼大，不用交電費啊。難怪這破爛公寓的管理費不便宜，全被浪費了。」

李昌隨手按了十五樓的按鈕。電梯門無聲的合攏了，猶如和世界隔絕了一般，將外邊的顏色全部割斷。電梯輕微一抖，開始往上移動。

一樓、二樓、三樓……

他無聊的掏出手機刷著朋友圈。不知過了多久，突然，李昌感覺哪裡有些不太對勁，今天的朋友圈居然只有一個人。而且那傢伙老是一個人在亂刷存在感，不停地找他搭訕，最煩人的是他說的話，全是不清不楚，令李昌無法理解的東西。

雖然是文字，可李昌就是看不懂意思。

「怪咖一個。」李昌刷了這個怪咖的名字，姓名欄居然是空白的。怪了，什麼時候註冊名可以留空白了？況且，自己的朋友圈裡似乎沒有這個人吧？他什麼時候加自己的！

正當李昌不準備理會這怪人時，無名怪人突然又彈出了一個對話框，「你在，電梯裡，對吧？」

李昌愣了愣。這傢伙是怎麼知道自己正在坐電梯的？

「你在，電梯裡，對吧？」同樣的話，無名怪人又彈了一次。

李昌頓時好奇起來，回覆道：「對啊，你是誰？」

「我不是誰。」

無名怪人回答了這四個字後，陷入一陣沉默中。

李昌撇撇嘴，故弄玄虛的傢伙。正準備打字罵他時，怪人的對話框再次彈出幾個字：

「我也在，電梯裡。」

就這幾個字，頓時令李昌感到頭皮發麻。什麼玩意兒，居然故意嚇他。李昌想是這樣想，但還是下意識的抬頭看了看電梯。這部老舊的電梯裡，除了一地紅色的污垢外，什麼也沒有。

更沒有除了他以外的別人。

「你白癡啊，居然嚇我。別讓我逮到你是誰，否則揍死你。」李昌已經斷定這個裝神弄鬼的傢伙，肯定是自己的仇人。自己的女友是從別人手上搶來的，會不會是情敵？

不對，那個所謂的情敵，明明膽小得很，連自己的女友都看不起他，分手時甚至還哭哭啼啼了好一陣子。

李昌搖著腦袋，想把這傢伙踢出朋友圈。可是還沒等他動作，對話框彈出了一張圖片。

他的視線才接觸到這張圖片，就嚇得一把將手機扔出去，李昌感覺全身雞皮疙瘩都冒了出來，刺骨的寒意不停地往脊背上爬。

怎麼可能！

這怎麼可能！

手機摔在地上，在電梯中滾動了幾下後，停止了。螢幕上的照片赫然顯示著一縷頭髮，一縷令李昌熟悉無比的頭髮！可是這些頭髮，明明已經當著他們七個人的面，被燒掉了！

「這混蛋究竟是哪裡弄來的照片！」李昌藉著大罵壯膽，他撿回手機，打字的手不停發抖，「混帳，你究竟是誰？」

等他在對話框中打入這些字後，居然彈出了消息發送失敗的訊息。猛然間，李昌覺得不對勁，他突然又想起了可怕的事。

電梯裡明明是沒有訊號的，他剛剛怎麼可能刷得了朋友圈，和那個怪人對話？李昌越發的恐懼，他瘋了似的翻手機上的紀錄。

紀錄裡，朋友圈沒有刷新成功。甚至，沒有那段對話紀錄。

這，到底是怎麼回事？

李昌怕得要死，他雖然有些笨，但卻絕對不是沒腦袋。可尋思了半晌後，什麼頭緒也沒有。難道是，自己撞鬼了？

似乎只有撞鬼，才能解釋當前的事。

他的身體不停的顫抖著，冷汗直冒。

不對！

該死，那個混蛋該不會是騙了我們？

李昌急忙想撥周偉的電話，電話一陣嘟嘟聲，該死，怎麼又忘了電梯裡沒有訊號！他焦急的在空蕩蕩的電梯裡走來走去，等待著到達十五樓，到有訊號的地方通知其他六個人。

可是，左等右等，他都沒有等到電梯門發出到達的「叮咚」聲。

怪了。電梯哪怕再慢，也不可能如此慢吧！李昌看了一眼手機時間，整個人頓時嚇得一屁股坐在地上。

已經，已經過了五分多鐘了，怎麼電梯還在往上移動，絲毫沒有停止的跡象？

這台電梯，究竟想將他帶去哪？

不過，李昌已經沒有時間想太多了。電梯上的樓層顯示數字不停地跳動著，已經升到了二十九樓。

你妹的，這棟老公寓總共才十八樓，哪裡來的二十九樓？

李昌嚇得將身體蜷縮在電梯的一角，一動也不敢動，詭異的情況令他無法思考。

從二十九樓一直升到九十九樓。在樓層顯示跳出九十九這個極限數字後，電梯終於微微一頓，停住了。

揚聲器發出單調恐怖的「叮咚」聲。電梯門向兩側滑開，露出外部漆黑的世界。李昌只看了一眼，就拚命閉上眼睛。

會死！一定會死！

李昌居然在電梯外看到了令他恐懼又熟悉的玩意兒，他根本就不想出去。但是事情的發展，早已由不得他了。電梯外，一團黑漆漆的物體飛撲過來，將他倒捲著纏了出去。

在他生命的最後，李昌只來得及發出一聲慘嚎，然後便是急速墜落的失重感……果然！詛咒！

詛咒根本就，沒有結束！

當我感覺不對勁，使勁掰開十五樓的電梯門時。一個令人驚恐的景象出現在眼前。電梯留在十五樓電梯井的位置，惡臭四溢。自己一聞，就聞出了問題。

那是屍臭，噁心到極點的屍臭。

公寓太老舊了，住戶不多，所以電梯壞了沒人來檢修不說，甚至散發著如此惡劣的屍臭味，也沒人在意。我一邊感嘆著要住就應該住管理完善的公寓，否則死了也不會有人管，一邊四處檢查屍體在哪裡。

正猶豫著是不是先報警時，突然一個古怪的現象映入眼簾。

電梯的天花板上，不斷地滲出血，黑乎乎的，臭氣熏天的烏血，那些血黏稠得猶如在絞肉機裡攪拌過，甚至還有一絲絲的殘渣混雜其中，那應該是碎裂的組織！

我拿著手機的手頓時停了下來，腦袋麻木的往上抬，一眨不眨的看著天花板。

屍體，恐怕就在電梯上方。

一股不祥的預感在心中醞釀，我沒敢再猶豫，馬上報了警。警方來得很快，他們將天花板撬開，取出屍體時，全都大吃一驚。

那具屍體果然是李昌的。但剩下的屍骨，已經不能用「具」這個數量單位來形容了。警官捏著鼻子，大聲說：「咋個都變成了渣渣，這東西屍檢起來，怕是要人命哦！」

我在旁邊做筆錄，不停的偷瞥屍體。屍體上手機和鑰匙都在，衣服裡也有身分證。已經確定是李昌無誤。可沒有人能看得清楚屍體的臉。屍骨早已經碎了一地，彷彿是從極高的高空摔下來般，不但骨頭沒有一塊是完整的，就連肌肉組織也成了殘渣。

可想而知，在下墜時，加速度有多快，撞擊有多猛烈。甚至電梯天花板上的柵欄格子，也因為李昌的速度而變成了篩子，將他的肌肉切割成了一點一點的小塊狀物。血流得到處都是，甚至最底層的電梯井，也積滿了殷紅惡臭的污血。噁心的一幕看得我眉頭直皺。怪了，這棟公寓十八層，就算李昌是從十八樓的電梯井裡掉下去的，怎麼算，到十五樓也不過九公尺。九公尺的高度，都不一定摔得死人，怎麼可能將李昌摔成這樣。如果不是親眼看到的話，我都以為這堆爛肉是從數萬公尺的高空直接跌落在水泥地上造成的效果。怪，實在是太古怪了！

況且，更怪的是，一個死了最多一天的人，怎麼會散發如此強烈的惡臭呢？警方也覺得有些奇怪。簡單的做了筆錄後，就要求我先離開。但是一個法醫的話，卻硬生生的令我停住腳步。那位法醫戴著乳膠手套，俐落的翻了屍體上的爛肉幾下，頓時驚訝道：「這是謀殺！」

「謀殺？這麼快就能判斷出來？」一個老警察吃驚的問。

「如果是別的屍體，肉爛成這樣，我恐怕就要費腦筋了。但是這屍體怪得很。」法醫臉色複雜，「他沒有皮膚。不，應該說是這傢伙一邊往下落時，皮膚一點一點被人為的剝掉了。」

「這怎麼可能！」警察臉色立刻煞白，「老師傅，你可別亂說。這都是要寫進檔案的。」

法醫擠出一絲尷尬的笑：「我曉得要寫進檔案，但是事實擺在面前，就這麼詭異，咋個辦嘛！」

我一動不動的偷聽著，心裡的疑惑波濤洶湧，法醫說的東西，何止能用「詭異」這個詞來概括。簡直就是見鬼了，有什麼東西能夠一邊下落，一邊剝一個活人的皮膚？能將李昌從高空摔下來，摔成爛肉，也不知道那所謂的高空，究竟有多高。但這公寓，明明只有十八層而已。

皮膚，又是沒有皮膚！

我頭皮發麻的想起洞穴中那些死後沒有皮膚的美國人和探險者，突然渾身一顫。難道李昌的死，和他們七人欺騙獻祭我和秦思夢有關？知道事情沒成，所以周偉背後的影子人，開始報復他們了？

不對，這個推斷總覺得有問題。影子人終究還是人，無論如何，他最多只是智商高手段惡劣。但是李昌的死亡，顯然有一股超自然的因素在作祟。

不行，一定要將電梯中的監視器影像搞到手看看。

我一邊思忖著，一邊朝管理室走去。結果管理員卻告訴我，監視器系統已經被警方取走了。我氣得直跺腳。

該死，真該死。進入警方手裡的證物，以自己的能力，根本弄不出來。

我躊躇了許久，才猶豫的撥通了秦思夢的電話。

「醬油臉，你找我幹嘛？」電話那一邊，慵懶的秦思夢慢吞吞的問。

「有件事，想請妳幫忙。妳不是說自己家族在春城勢力大嗎？能不能替我從警方那裡弄到紫苑小區B棟的監視器影像。」我儘量緩慢的說，但語氣裡一絲一毫求人的意思也無。

「就你這語氣，也是來求人的？」秦思夢嗤之以鼻，剛想劈頭蓋臉的羞辱我一番後拒絕。

結果我一句話塞住了她的嘴：「李昌死了。」

「李昌死了？」校花結巴了一下，突然笑道：「他該死，他死了關我什麼事！」

「當然有關係。他死得太離奇古怪了，我怕，我們也會死！」我一字一句的說道。

「怎麼可能！」秦思夢冷哼：「算命的說我能活九十歲。」

「總之，可以的話，就幫我弄到監視器畫面。」我懶得跟她扯：「給妳一個下午的時間，我們六點半，在昨天的餐館碰面。」

說完，毫不猶豫的掛斷了電話。掛斷前，仍舊能聽到秦思夢撕心裂肺的大罵我不懂得求人，不解風情！

我微微一笑，這個校花，還真是糾結的生物呢。

警方已經收拾好李昌的屍體，在電梯間前拉起了警戒線。我也正準備爬樓梯離開時，突然，一個鬼鬼祟祟的身影，引起了我的注意！

那個身影頗為熟悉，似乎在哪裡見過。

我皺了皺眉頭，悄無聲息的跟蹤著他，從安全樓梯一直往上爬。直到頂樓。

第十章◆驚變停屍間

人和人的際遇，有時候就是不同。同樣的現象，落在不同人的眼睛裡，又能說出別一番景象來。更何況，限於專業知識的匱乏，我對李昌的屍體，並沒有太多直觀的感受。

但是自己跟蹤的這個人，顯然也對李昌的死感興趣。甚至比我更感興趣。我偷偷摸摸的躲在角落裡，看著這個傢伙的背影，暗自猜測。

他，會不會就是躲藏在周偉背後的影子人呢？但為什麼，我卻對他有一絲熟悉的感覺。自己的記性很好，稱得上過目不忘。這個人，我肯定在哪裡見過！

這是個年輕的男人，頂多比我大兩歲。由於背對著我，不怎麼看得清模樣。他走到電梯井的最頂端，摸了摸頂樓的地面。

地面被炎熱的陽光曬得有些炙熱，摸起來很燙手。

除此以外，就找不到任何線索了。

那人悶悶的搖了搖腦袋，嘆了口氣，開始往回走。一邊走一邊嘰哩呱啦著什麼。

我朝裡躲了躲，躲進了安全梯的死角處。可是等了一會兒，居然沒見那傢伙走回來。頓時，一股不妙的感覺直衝腦門。

「你妹的，被發現了！」我暗罵一聲，連忙從藏身的地方跑出去。只見剛才還一臉鬱悶，彷彿有心結的年輕男子，居然拚命的拔腿藉著頂樓，朝其他棟樓的樓頂跑，妄想從別棟公寓的頂樓逃走。

跑得那叫一個快，彷彿被鬼追趕似的。該死，他什麼時候發現我在跟蹤的？靠！又是個演技派！

我也顧不上隱匿行蹤，這傢伙絕對有問題，否則幹嘛那麼心虛呢？自己跑得飛快，不停的追趕。

紫苑小區六棟樓的頂樓全都連接在一起，其他棟的安全門有的開了，有的沒開。那傢伙運氣不好，拉了幾扇門都沒拉開，只得繼續往前逃。

我越發斷定他和李昌的死有關。說不定，他真的是周偉七人背後的推手呢。自己雖然是書呆子，但是平時的鍛鍊從未少過。而那個年輕男人絕對是宅男加學院派，跑著跑著，就沒力氣了。

追趕的距離越來越近，那混蛋終於跑不動了，乾脆在樓上隨手撿了一塊磚頭，轉過身一臉準備搏命的架勢。

我愣了愣，從口袋裡抽出一把彈簧刀，畢竟被李昌等人坑過，不帶些關鍵時刻能當保險的玩意兒，鬼才會去冒險，我又不傻。

顯然，對面的傢伙也不傻，他見我拿出了一把不短的彈簧刀，鋒利的刀鋒在陽光下反射著致命的光澤，頓時傻了眼。

眼神在自己手裡的磚頭，和我手中的尖刀之間反覆來回巡視了幾次後，覺得贏的希望渺茫。年輕男人尷尬的笑了幾聲，乾乾脆脆的將手裡的磚頭扔掉，踢遠。然後舉起雙手，操著濃烈的四川腔說道：「兄弟夥，兄弟。我沒有惡意哈，莫要衝動，莫要衝動。」

這聲音，聽著似乎也有些耳熟。

我皺著眉，緩緩的靠近他，沒有說話。刀更沒有收起來。

男子越發緊張了，「我真沒惡意，是兄弟你先跟蹤我，我才——」

「你在樓頂上，發現了什麼？」我打斷了他的話。

男子渾身一抖，連忙搖頭：「啥子都沒發現。真的，啥子都沒發現。」

這位演技派明顯在說謊，而且還撒謊撒得完全沒遮掩。

「李昌，是不是你殺的？」我不給他考慮時間，又問。

男子頓時嚇了一大跳：「兄弟夥，你莫要亂說，在兄弟身上潑污水哦。我連自殺都不敢呢，哪有能力殺人。」

這句話倒是真的。看他見到刀都能嚇成這副德行，要殺人肯定是沒膽量的。何況，李昌死得那麼詭異。但如果說這男人不知道什麼內情，就連我也不信！

在他臉上巡視了幾下，微微一愣，終於想起他到底是誰了。怪了，這個真的只見過一面的傢伙，怎麼會出現在這裡？

我疑惑的繞著他轉了兩圈，手裡的刀握得更緊了，「十幾天前，你是不是去過一所大學。學校裡有個叫趙雪的女孩跳樓自殺了。是你負責檢查屍體的？」

男子詫異的險些叫出了聲，馬上矢口否認：「沒有，從來沒有過。」

「不老實喔，孫先生！」我摸了摸額頭，這傢伙說他聰明吧，似乎又有些天然呆，身上套著灰色西裝，可裡邊穿的可是白袍啊！而且那白袍完全沒有整理好，只隨意用外層的西服遮住，任誰都能一眼看出他的醫生身分。

最主要的是，喂喂，白袍上的胸牌都露出來了，好不好！

「應該叫你孫醫生，對吧？孫喆醫師！」我讀著胸牌上的名字。

孫喆嚇了老大一跳，「你咋個曉得我的名字，難道你會讀心術？」

「下次做鬼鬼祟祟的事前，麻煩你先把胸牌給藏好。」我吐槽道。

「暈倒。」孫喆低頭看了一眼白袍上的胸牌，趕忙將其塞了進去，一臉尷尬的笑，「不錯，我就是個醫生。可是我跟李昌的死，真的沒啥子關係。」

「看來你還真認識李昌呢。」我將他扔掉的磚頭撿回來，墊在屁股下坐著。腦子裡思索起來，真是奇了怪了，一個十幾天前檢查趙雪屍體的醫生，怎麼會出現在這裡？而且，他居然還認識跟趙雪事件八竿子打不到一塊兒的李昌。

甚至李昌死掉後，還專程跑到案發現場來調查。李昌的死，跟他有什麼關係？最重要的是，屍體是我發現的，也是我報的警。他究竟從哪裡得到李昌死亡的消息？這個孫喆，為什麼對李昌感興趣？

這麼一想，李昌的死如果跟他完全沒關係的話，簡直說不過去。他到底是什麼人？真的僅僅只是個有些天然呆的醫生？

見我用懷疑的目光盯著自己看，孫喆哭喪著臉連忙擺手，「兄弟我真的跟李昌的死，一毛錢關係都沒有。」

「但是你卻認識李昌。為什麼？」我仍舊糾結在這個問題上。

「這是個很長很曲折，而且要浪費很多時間才能解釋得清楚的淒慘故事。」孫喆撓了撓亂糟糟的腦袋，低聲罵道：「仙人板板些，我硬是蠶子牽絲，把自己弄來網起了。解釋不清啊！」

我冷哼一聲，揚了揚手裡的彈簧刀：「不想死，就給我說真話。我最近神經緊張得很，誰知道會做出什麼衝動事！」

「莫激動，莫激動。」孫喆脖子一縮，突然指著我的臉，大聲道：「咦，兄弟夥，你有點臉熟喔。我見過你，肯定見過你。」

「廢話，你當然見過我。」我挑明說：「趙雪屍變，跳起來咬死一個人後逃走的現場，我就站在你背後。」

孫喆用拳頭在左手掌上一拍：「對頭，你就是那個現場最冷靜的學生。」

「我叫古塵。既然大家都認識了，那就開誠佈公吧，別跟我說李昌是你大舅子的八姨子走失多年的侄子的母親的二兒子。這些話，鬼都不信。」我瞪了他一眼。

孫喆臉色一凝。這混蛋，不會真想用這種藉口唬弄我吧？他到底天然呆到什麼程度了？

「好吧，好吧。既然大家都是明白人，我就真人不說瞎話了。自從那天檢查過趙雪後，兄弟身邊就出現了些奇怪的事情。如果不弄清楚，搞不好，老子會死！」

孫喆最終嘆了口氣，準備說實話。

他娓娓將最近的事情敘述出來，雖然既不曲折也不漫長，甚至沒有淒慘的情節。但是卻異常的恐怖詭異。

一切，都要從那天晚上，講起……

從小時候開始，孫喆就善於把今天要做的事拖到明天，把明天要做的事拖到明天的明天，最後拖煩了，乾脆一次性拖到第N個明天，然後命名為理想。

孫喆的理想是當一位醫生，靠著他聰明的頭腦，這個理想沒有變成夢想，順利在去年就實現了。二十四歲的醫生，想想都覺得前途無量。雖然這個傢伙偶爾犯蠢，有些天然呆，甚至患有重度拖延症。但是作為醫生，他還是合格的。

那天經歷趙雪的事件後，孫喆被嚇壞了。他連續請了兩天假，第三天跑去上班，結果一去醫院就碰到了件倒楣差事。本地警局有幾名法醫休年假去了國外旅遊，春城警局人手不夠，臨時借調幾名有法醫資格的醫生去處理緊急事件。

好死不死，孫喆就是其中一名。他至今都很後悔，自己幹嘛那麼無聊去考什麼法醫資格？雖然自己從前確實是有考慮當法醫的，但那完全是被美劇蒙蔽了眼睛，被美國編劇給荼毒了。

趙雪屍變的事，至今都像幻燈片般不停在眼前晃來晃去。閉上眼都沒用處。

現在的孫喆只是想做一名普通的外科醫生，絕不再解剖屍體。可借調這種事情，根本由不得他，在院長面前抱怨了幾句，那隻老狐狸大筆一揮，還是將他扔給了附近的警局。

該死，那間警局可是自己最不想去的地方，畢竟趙雪屍變的大學，就在那警局的轄區。

鬱悶的到警局報到後，馬上就有工作等著他。一個老警察將他帶到停屍間，指著一具裝在白色屍袋中的屍體，要他相驗。

「這屍體是我們從附近學校邊上的荒地找到的，有些詭異。」老警察撓著腦袋，說話慢吞吞：「反正你快點把檢驗報告給我送過來。」

頓時孫喆心裡有了一絲不祥的預感，他俐落的戴上手套，將裝屍袋拉開，幾乎在看到屍體長相的那一瞬間，他就險些嚇得一屁股坐到地上。

這倒楣傢伙的模樣實在是太熟悉了，不就是被屍變的趙雪咬死，拽在手裡拖走的男學生嗎？至今警察局外都還貼著這倒楣蛋的畫像。

怎麼好死不死，就找到了他的屍體，而自己還得要替他相驗啊。屍變的趙雪咬死的屍體，誰知道會不會也有可怕的問題？

孫喆的害怕，老警察沒有注意到，哪怕注意到了也不在乎。他拍了拍孫喆的肩膀後就準備離開，「小夥子好好幹，我還有事情忙呢。唉，這地方怪冷的，對我的風濕病不好，就不多待了。」

「不要啊！英雄，大叔！」這天然呆立刻抱住了老警察的手，哭天喊地：「我怕啊，大爺。老子從小就暈血！」

「誰是你家大爺了。」老警察呸了兩聲，掙脫他的手就開溜：「別給我矯情，手腳俐落些。」

警察走得乾脆，顯然是經歷過趙雪事件的兩位警官做了宣傳，將那詭異事件傳得沸沸揚揚。整間警局都害怕了。

這老混蛋走就走吧，還隨手關上了門。

走廊本就昏暗的燈光被門隔開，只剩下停屍間中淒慘的白色光線，以及冰櫃裡散發出的刺骨陰冷。

孫喆打了個冷顫，打起精神，只能開始相驗。事已至此，還不如儘快做完手裡的事，早點溜回家吃宵夜。

冰冷的屍體臉上佈滿抓痕，但是仍舊能看出生前的模樣。它的眼睛瞪大，似乎生前最後一刻的驚恐，還未在死後消逝。

那翻白的眼珠，孫喆不敢多看。總讓人覺得是在盯著自己，可怕得很。

「天王老子我都不怕，天王老子我都不怕。」孫喆將屍袋徹底拉開，露出了整具屍體。他拿起了解剖刀，左比右劃，遲遲不敢動手。

「豁出去了！」再遲疑下去也不是個辦法，孫喆乾脆一咬牙，準備先切開屍體肚子看看。可是當解剖刀就要劃下的那瞬間，他突然「咦」了一聲。

一個東西，猛地吸引了他全部的注意力！

那是一撮頭髮，乾枯的頭髮。那頭髮一根根的，每一根都如同尖銳的刺，硬生生的插在屍體的肚臍眼中，詭異得很。孫喆甚至看不出，這頭髮究竟屬不屬於人類。人類頭髮的柔韌度不高，是不可能插入皮膚的。

更何況，這些髮絲明明很纖細，但是插入得很深。看起來已經順著肚臍眼，擠入了屍體的內臟中。

光是用眼睛看，都悚得人頭皮發麻。

孫喆下意識的摸了摸自己的肚臍眼，總覺得肚臍癢得厲害。心理暗示真是可怕的反應呢。

他沒敢再繼續看，拿起了屍體的檔案，敲了敲腦袋，「嘖，老子差點又把標準程序給忘了。」

從手術推車中拿出錄音筆，按下電源，咳嗽了兩聲：「法醫編號021，孫喆。現在開始解剖編號1011，屍體本名為李進，男性，21歲。死亡原因為頸部大動脈破裂，失血過多。」

孫喆用手術刀輕輕撥動李進的頸項，那傷口猙獰可怖，讓他心寒。兩個深深的洞赫然出現在屍體脖子上，洞周圍沒有留下鮮血的痕跡，顯然是噴出的血很快就被什麼給吸走了。

「死者傷口為破裂性創傷，疑似是被靈長類動物的尖牙刺穿。」你妹的，鬼的靈長類動物。孫喆暗罵，他的兩隻狗眼可是清清楚楚的看到，自殺的趙雪明明死了，卻又跳起來。狠狠的用突然長出的兩根獠牙，咬斷了李進的脖子。

但是驗屍報告，絕對沒法這樣寫。

「下面，本人將針對屍體傷口做進一步的解剖。」孫喆照相後，用解剖刀在其中一個傷口上輕輕一劃。

接著他立刻就傻了眼。

鋒利無比的解剖刀，居然沒割開傷口，甚至他還聽到了一陣刺耳的，彷彿兩種硬物摩擦後造成的難聽響聲。

怪了，這是怎麼回事？

孫喆疑惑的伸手摸了摸屍體的脖子，剛剛還軟綿綿的屍體皮膚，不知何時變硬了。不，不光是變硬那麼簡單。甚至用手敲下去，皮膚內還會傳來空洞的回響，如同敲在盔甲上。

為了考法醫資格，他可是解剖過大量的屍體，讀過各種屍體在各種環境中的所有變化。但是沒有一種，會讓屍體皮膚變得如此堅硬，簡直就像陶瓷化了般，用解剖刀無處下手。

「這傢伙到底是在哪裡被找到的？」孫喆忘了恐懼，反倒犯起職業病。他拿起資料夾翻到了屍體訊息那一頁。

屍體是在昨天，從府河——就在大學邊上——的一座橋洞裡撈上來的。這就意味著，他已經被水浸泡了至少八天。孫喆越看越迷惑，長時間泡水的屍體居然沒有腫脹，也沒有腐爛。這怎麼可能？

最奇怪的是，既然屍體是在河水中。府河裡可是有許多魚的，但李進屍身上同樣也沒有被小魚小蝦啃咬過的痕跡，完全是違反了孫喆的法醫知識！

「你奶奶滴，解剖個鬼。刨都刨不開。」他不死心的又用解剖刀試了試，鋒利的刀仍舊在接觸到皮膚後，就在屍身上打滑，簡直比陶瓷還麻煩。

終於孫喆忍不住了，一把放下解剖刀，雙手合十，「李進兄弟，不是老子不想動刀。是你娃娃自己太堅強了，我搞不定哈。兄弟，今後逢年過節哥子給你燒香點燭，你就從了兄弟嘛。解剖不了，你讓哥子咋個回去交差。哥子還沒吃晚飯咧！」

話音剛落，突然，從屍體的腹部響起了幾聲奇怪的動靜，像是深水區有魚在吐泡般，咕噥咕噥，還沒等孫喆反應過來，那「咕噥」聲已經不絕於耳，響個不停了。

孫喆頓時被嚇了一大跳，有法醫執照的他深知許多屍體一直被冰凍的話，許多化學和生物反應都會延緩和推遲。但是一旦將其拿出來，融化後，物理反應會帶來連鎖效應。那時候的屍體，是最危險的。

本來屍體的血液已經被抽光了，失血又泡水後，血管裡會充斥大量河水。河水在冰櫃中被冰凍，應該是硬邦邦的才對。可是現在的李進，似乎出現了某種不妙的變化。

屍體的臉皮底下，浮出一層黑色素。不，不光是臉，裹屍袋露出的皮膚下，所有的血管、毛細管，都腐爛似的出現了黑斑。黑斑越來越明顯，乾癟的血管也隨之暴脹，粗黑的凸出了堅硬的皮膚外。

整具屍體的皮膚，都發出了破碎般的響聲。用解剖刀都割不動的堅硬肌膚在肌肉組織中黑漆漆的血管頂撞下，出現了裂痕。

如同陶瓷摔碎似的，裂痕越來越大。那暴脹的黑色血管也越來越明顯。沒過多久，李進屍體的所有皮膚竟裂開了。

陶瓷般的肌膚劈哩啪啦的落入裹屍袋中，或是掉在了地上。

陶瓷碰到了瓷磚地板，發出一陣刺耳的碰撞聲。尖銳的聲音將嚇傻了的孫喆驚醒。

「格老子，咋個回事哦。」孫喆縮了縮脖子，嚇破了膽。他再也不敢待在這詭異的停屍間裡，拔腿就向大門位置跑。

用力拉了拉停屍間的門，孫喆立刻傻眼，門一動不動，竟然從外邊被鎖住了：「那個瘟神大叔，那麼怕哥子跑。」

見門關著，這傢伙如開竅般，突然想通了自己被借調這回事，肯定被當槍使了。那些老法醫哪裡是去國外休假，肯定是見這具屍體詭異，都嚇破了膽，不願意解剖。

「鉗子！鉗子！」一個人在停屍間中，本就膽小的孫喆全身不住的打顫。他想起推車上有一把鉗子，應該能剪開外邊的鏈子鎖。等他往回跑時，猛然發現，解剖台上的屍體，又有了新的變化。

屍體的所有皮膚都剝落了，本來蒼白的肌肉裸露在空氣中。被空調一吹，不知不覺變得猩紅起來。慘紅色，從脖子被咬處蔓延向全身，可怕得很。

孫喆哪還敢慢吞吞，他一把抓住鉗子朝門跑。剛跑沒幾步，突然感覺背後吹來一陣不知名的腥風。

這傢伙整個人都停住了，一股寒意從腳底不停往上冒，他全身呆滯，麻木的扭動脖子往後瞧去。

頓時恐懼感如潮水般席捲了他。

屍體！手術台上的李進屍體！

不見了！

第十一章 致命屍體

人生有若雲霄飛車，有高潮的時候，自然有低谷的時候。據風水學上說，人時運低時就會撞鬼。你妹的，這世界上鬼肯定沒有。但是喝水塞牙縫的事情，倒是不少。隨便解剖個屍體，都能在眼皮子底下把屍體給弄丟。

該死的，這算什麼事？

孫喆額頭上的冷汗不停滲出，停屍間中涼風吹拂切割著氣流，讓這個封閉的空間更顯得陰森壓抑起來。

他緊緊捏著鉗子，一動也不敢動。只能緩慢的偷偷扭動脖子，尋找屍體的去向。

「白瞇白眼[3]的，屍、屍、屍、屍體，不可能人間蒸發！」孫喆嚇得都要心肌梗塞了，他找了一圈，都沒看到李進的屍體。停屍間只有幾十平方公尺，又是個封閉的空間。一具一百六十公分高的屍體，不可能說不見就不見。

不對，屍體肯定還在停屍間中。只是從靜態，變成了動態。

一想到這，孫喆更恐懼了。

就在這時，一陣惡臭的腥風從他背後吹來，不知什麼東西猛地撞到了背後的解剖推車。推車上無數金屬工具劈哩啪啦的落地，響成一團。孫喆下意識的拖著麻木的雙腿，朝右邊一躲。

腥風從臉上劃過，險些割斷了他的脖子。

他轉身，卻除了倒地的推車和一地的工具外，仍舊什麼也沒看到。剛剛明明有東西想要攻擊自己啊！

孫喆全身都在發抖，他再一次猛地轉過身。可剛轉了一半，空氣破開的聲音帶著強烈的腥臭味又一次襲來。他哪敢遲疑，迅速的朝左邊躲了躲。這混蛋運氣賊好，再次躲過了。

「該死，那股惡臭哪裡來的？」孫喆被臭到想要捂住鼻子。可緊接著，背後便傳來了一聲低啞的嘆氣聲，聽得他一愣。

不，這絕不是什麼嘆氣聲。而是屍體因為腐化而在體內產生了化學氣體，因為觸動了肚子後，不斷將氣體從肛門等空洞排出體外。噁心的腥臭味，正是來自那些排泄的氣體。

3 白睖白眼：川話，指光天化日之下。

難道攻擊自己的東西，是李進的屍體？這怎麼可能！李進明明早已經死了！

孫喆的思緒混亂。他一邊糾結一邊再次躲避未知的攻擊，並順勢在地上打了個滾，滾到了停屍間的牆角上。背後沒有空間後，這一次，他終於看到了攻擊者的模樣。

一個沒有皮膚，裸露的肌肉一片猩紅的人形怪物，正站在自己跟前不遠處。它的眼珠翻白，眼白一眨不眨的瞅著自己。不知什麼時候，前肢已經成了爪子，在昏暗的停屍間燈光下，每一根指頭上，都長出了三寸彎曲鋒利的指甲。這怪物雖然模樣可怖，但仍舊還是保留著人類的形象。

孫喆甚至能依稀辨認出它變化前的樣貌。這個怪物，絕對是李進。可是為什麼一轉眼的工夫，李進的屍體居然變成了眼前這副人不人鬼不鬼的怪東西。甚至還在本能的驅動下，攻擊自己？

這不科學啊！

眼中只有眼白的怪物，明顯看不到任何東西。但是它似乎能透過氣息來判斷孫喆究竟在哪裡。孫喆一呼吸，怪物的鼻翼立刻不停煽動，緩慢的伸出爪子，用鋒利的指甲妄圖刺穿他的脖子。

孫喆手忙腳亂的躲開了，還好它的動作實在不快，否則學院派的他，現在哪裡還有活命的機會。他從停屍間牆腳連滾帶爬的跑到了中央，想要活命的欲望戰勝了恐懼，孫喆拚命的撿起掉落在地上的工具。

他的呼吸因為動作而越發劇烈，怪物聞到了氣息後，轉過身，又逼近過來。將工具抱在懷裡的孫喆，死命的將鉗子、鑷子、刀子朝怪物扔。可是裸露著肌肉的怪物似乎並沒有痛覺神經。廢話，人都在幾天前死了，怎麼會怕痛？

「仙人板板，別過來，別過來。」孫喆打著擺子，一邊像女人似的尖叫，一邊逃。和怪物你追我趕了老半天，終於這傢伙完全沒力氣了。

他氣喘吁吁的捂著快要燃起火的肺部，大口大口的喘著粗氣。怪物不但不知道痛，甚至不會累。仍舊用僵直的姿勢和速度，緩緩朝他走過來。它的動作彷彿行屍走肉，不但可怖，而且完全沒有感情，只剩下嗜血本能。

「兄弟，兄弟，哥子，別過來了。老子怕你了行不行！」孫喆一身惡寒，絕望的威脅道：「再過來，莫要怪老子出絕招。」

怪物絲毫沒在乎他的威脅。這無力的威脅，恐怕這具早已死掉又神秘運動起來的屍體也聽不到。李進屍體脖子的兩個主動脈傷口處，不斷發出「嗤嗤」聲響。這低啞的氣流噴出聲，也成為了孫喆的催命符。

越是聽得清楚，就代表著怪物越靠近。

孫喆這貨實在沒轍了，他將撿來的工具全部扔了出去，只剩下一把手術刀在手心裡死死拽著。怪物不停的對著他的脖子攻擊，在躲避的時候，孫喆也能清清楚楚的觀察到，李進的屍體早已經不是普通的屍體了，沒有皮膚不說，血紅色的肌肉組織在某種不知名的催化下，變得更加堅硬。

屍體嘴裡的牙齒，犬牙，也越變越長。兩根寒光閃閃的獠牙，竟然已經抵開嘴唇，探了出來。像極了恐怖電影中的殭屍！甚至本來還軟軟的雙腿，也變得越發僵硬，不再邁步，而是隱隱的越來越像是在跳躍。

「老子拚了！」孫喆觀察這怪物的變化，不祥感充斥身心。他明白，再怎麼躲也躲不過這速度開始變快的怪物。他捏了捏手裡的解剖刀，洩憤似的，將它給扔了出去：「看老子的絕招。孫哥飛刀，例無虛發！」

解剖刀用盡了孫喆全部的求生之力，扔出去的速度還有板有眼的。它還巧之又巧的刺在怪物脖子上的傷口處，居然刺了進去。

然後，就沒有然後了。

怪物完全沒感覺的繼續逼近，越來越近。再也沒力氣逃跑的孫喆準備閉上眼睛等死。變異的屍體帶著那股惡臭熏天的氣味，一把抓向他。孫喆臉部肌肉抖了抖，聞著那股噁心味道，突然又睜開了眼睛。

這股氣味！這股氣味！似乎很熟悉！

孫喆精神一振，「你妹的仙人板板，一個人類屍體身上，咋個會冒這種氣體。有救了，說不準老子有救了！」

他在最後一刻險之又險的躲過了怪物的致命爪子。屍體鋒利的指甲刮在背後的牆面瓷磚上，發出刺耳的「嗤啦」聲。瓷磚整齊的被劃出一道深深的傷痕。

「打火機！打火機！」孫喆躲過之後拚命的朝解剖台跑去，他好不容易才趕在怪物追過來之前將印象中的打火機從床底下翻出來。

「成不成就這一把了，哥子袍哥人家，從不拉稀擺帶[4]。賭不贏，就算死了老子都要拉一個下去墊背。」他拚死閃開怪物的襲擊，尋找到一個可以容身的金屬櫃子，將門拉開。

怪物沒有意識，自然不清楚他的陰謀。

---

[4] 袍哥人家，從不拉稀擺帶：川話，意思是寧願孤注一擲，也不扭扭捏捏，拖泥帶水。

就在李進的變異屍體再次逼近他時，孫喆估算著距離，深吸一口氣，將點燃的打火機朝怪物的脖子處扔了過去，之後迅速的將金屬門拉上。

只聽轟隆一聲，劇烈的爆炸聲像是炸藥點燃般聲勢浩蕩。強大的衝擊力將孫喆藏身的單薄金屬櫃拋向空中，然後又重重的落到了地上。孫喆被摔得七葷八素，隨即就昏厥了過去。

醒來後，已經被警局的人送進了醫院。李進的屍體被炸成碎片，而孫喆有好幾處軟組織挫傷，在醫院裡躺了兩天才被放出來。

警局調查後，認為是停屍間突然出現了天然氣爆管。而孫喆的鬼話，至今沒有人肯相信。因為那劇烈的爆炸，將停屍間裡的怪物證據炸得乾乾淨淨……

孫喆苦於沒有證據，只能將這件事埋在心裡，本來以為事情就會那麼過去，可是沒過幾天，一個可怕的現象，出現在了他身體上。

「等一等，你說死後又復活的李進屍體，居然因為你將打火機扔出去，而爆炸了。威力還挺大的！」我揮了揮手，大聲打斷了孫喆的講述。

孫喆點了點腦袋：「千真萬確。」

「有意思。」我摸著光禿禿的下巴，開口道：「動物死後，據說屍體會隨著時間推移而腫脹。而且腫脹的過程非常神奇。大多數人都認為，雖然我們人類也是高等動物，但是在死後，並不會產生腫脹現象。其實，這是大錯特錯的。」

「人類死後，不但會腫脹，而且會爆炸。只是爆炸的現象，只出現在幾種極端的情況下而已。很少有人能親眼看到。」

我用彈簧刀敲了敲地面，「在密封的棺材裡，人類屍體往往有地下爆炸的情況。」

孫喆滿臉詫異，「兄弟夥，你太神了，居然連這個都搞得醒火[5]。哥子佩服你佩服得五體投地。」

「好了，屁話別多說。講講你究竟因為李進的屍體爆炸，而在懷疑什麼！」我不耐煩的再次打斷他。

這貨撓了撓腦殼，乾笑兩聲，「其實很簡單，兄弟，你曉得鯨魚不？鯨魚擱淺死亡時，通常會爆炸。」

我點點頭：「不錯。鯨魚爆炸的原因，是體內產生了氣體。但大多數鯨魚死於海中後，食腐動物和捕食者會破壞這一脹氣過程，牠們的牙齒會在鯨魚身上開出一些孔，並且讓屍體開始腐爛。

[5] 搞得醒火：川話，清楚明白的意思。

「但是，一旦牠們死於海灘或者在靠近海灘的位置死去，事情就會變得完全不一樣了。離開水面後增加的重量會使牠的肛門和喉嚨緊閉，這樣就會使氣體留在體內，而且很少有陸地捕食者會魯莽的來咬一隻鯨魚……」

說到這，我的語氣猛地一愣，驚訝的看向孫喆：「你的意思是，李進的屍變是人為的？」

「聰明人！和兄弟你說話就是舒服。」孫喆對我豎起大拇指，「哥子就是這個意思。李進的屍體泡在府河中，身上卻完全沒有被河裡魚蝦咬過的傷痕。這一點撇開不說，我解剖他的時候，他的皮膚變得無比堅硬。這明顯不正常。

「為什麼他的皮膚會變那麼硬？為什麼他會在我面前屍變？還有，最重要一點，他身體裡的氣體，到底是怎麼產生的？」

孫喆的話，讓我的大腦飛速運轉起來，消化著他帶來的訊息。如果自己跟他的那個猜測是真的。事情就真的更加詭異了。

我舔了舔因為緊張而變得乾澀的嘴唇，推斷道，「人類死後，大腸和小腸是最先被細菌分解的部位。當然，也要看那個人死前，到底吃過什麼東西。攝入食物的不同，會影響屍體分解產生的氣體。小孫子，你當時從李進屍體中，聞到的是什麼味道？」

「哥子啥子時候變你孫子了！」孫喆抗議道。

我撇撇嘴，大度的接受了他的不滿：「那猴子，別嘰嘰歪歪了，快回答我。」

「我也不是猴子！」他瞪了我一眼。

「你都姓孫了，還不是猴子！」我回瞪過去，手裡的彈簧刀若有若無的在空中揮了揮。天然呆孫喆立刻嚥下口唾沫，一臉抗議無效不準備上訴的悲情模樣。

「那些氣體，哥子我還真給聞出來了。所以說人類在面臨生死存亡時，五識五感都會超常發揮。」孫喆驕傲的自我陶醉一番，「李進身體裡冒出的，最主要是二氧化碳、甲烷和有特殊氣味的硫基物質。」

我皺了皺眉，回憶道：「我記得李進被趙雪咬死那天，在餐廳裡吃的是馬鈴薯燒肉、回鍋肉、白煮冬瓜、番茄炒蛋等等。沒有一樣能夠產生大量的硫基物質。如果人體要爆炸成你描述的狀況，硫基物質在空氣中的比重絕對不小，至少和甲烷一比一。怪事，一個普通人絕對不可能產生如此多的硫基物！除非……」

孫喆也有同樣的疑惑，他跟我對視幾眼，我倆同時全身一僵。

「除非，在一個密封的容器中，李進的屍體發酵和腐爛過程有人為的控制。例如，有人刻意將他的屍體裝進高密度的木盒中，埋在極為特殊的土壤環境裡，定期加入硫基物質！」孫喆的聲音都顫抖起來，他怕了，整個人都怕到無法形容。

我也很害怕，毛骨悚然的感覺直往後腦勺上湧。光天化日下，烈烈豔陽照射的公寓頂樓，只給我一種冰冷的不安全感，彷彿空氣中流淌著的，不是氧氣，而是無數窺視的眼，正肆無忌憚的打量著我和孫喆的一舉一動。

我用沙啞的聲音，好不容易才憋出了五個字來，「有人在，養屍！」

養屍，這個詞很容易理解。但是其中蘊藏的千古秘密，卻悠遠深藏，神秘得很。據說早在中華文明之前，就有養屍人這個職業。三國時期，諸葛亮設計製造，舉世聞名的機關——木牛流馬，之所以能在山谷中穿行，翻越四川千座山，甚至攀爬人力根本就不能及的陡坡。

就是因為諸葛亮下密旨，令軍隊將整個巴蜀地區的養屍人集中到了成都，由陰陽師找了一個極佳的養屍地，以戰亂死亡的士兵屍體養出了大量的行屍來。木牛流馬只是個空殼，裡邊實際上裝的便是不知疲倦的行屍。

當然，這畢竟是民間對科學以及設計學的以訛傳訛罷了。實際情況是什麼，早已湮沒於時光之中，沒有了真相。但是養屍人這個職業，確實是存在的。我讀過各個國家的民俗，每個國家和地區都有特有的養屍人。除了叫法不同外，他們的目的只有一個。

那便是保持屍體不腐。

據我所知，民俗學中對養屍人的定義，也如出一轍。經過養屍人之手的人類屍體，可以保持不腐不爛千百年。人類天生對死亡就有恐懼，害怕死後會什麼都沒剩下。所以古時候無論民間還是宮廷，都養了一大堆的職業養屍人。

「養屍人只是掌握了一定屍體防腐技術的古代科學家而已，他們的技術代代相傳，極為保密。每個流派的技術也不盡相同。但是，都能用現代科學去解釋。」我心驚膽戰的說：「可李進的屍體，明顯是經過某個養屍人之手。那個養屍人究竟用了什麼方法，使李進復活，變成了可以攻擊人的怪物？」

無論怎麼想，我都想不通。事情顯然已經超出了我的常識太多。總感覺有一股超自然的力量在作祟，我根本就無力掙扎。只能挖空心思的在謎團中，將能夠理解的東西整理出脈絡。

周偉背後明顯有個影子人，現在被趙雪咬死的李進身上也出了問題。謎團一個接著一個，讓我的大腦如亂麻般混亂。影子人究竟有什麼目的？蘊養李進屍體的養屍人，又有什麼目的？

趙雪的死亡，和那個養屍人有聯繫嗎？

甚至，周偉七人背後的影子人，是否和養屍人是同一個？

無論怎麼猜測，我都猜不出個所以然。或許真的只能將影子人找出來，逮住後，才能搞清楚了。

這也是，現在擺在自己面前的最大問題。

第十二章◆神秘養屍人

人只有牽涉到自己時，才會對一件明顯有生命危險的事情感興趣。甚至不惜一切搞清楚真相。這天然呆的孫喆，究竟在李進屍體爆炸後遭遇到什麼可怕的事，竟然一步一步的冒死調查。

最終，調查到了李昌身上？不過如果周偉背後的影子人，與養屍人真的是同一個人的話，調查到周偉他們七個確實無可厚非。

孫喆手裡，到底還握著什麼自己不知道的資訊，居然能挖出了李昌和趙雪的關係來？

我想問，但是和他畢竟不太熟。話要一句一句的說，飯要一口一口的吃。我不急，至少我覺得孫喆比我焦急得多。這混蛋掩飾情緒的能力，簡直糟糕透頂。

「兄弟夥，我們去找一家餐廳，慢慢擺龍門陣。」孫喆也覺得這沒人的頂樓怪不安全的，主動提議道：「彼此間有用的資訊要多多交流一下。」

我點點頭，沒拒絕：「好吧，去附近一家餐廳吃飯。我晚上還約了個人，她手裡或許有我倆都感興趣的證據。」

自己和天然呆沒再多停留，去了昨晚和秦思夢一起吃飯的餐廳。還是同樣的位置，我倆狼吞虎嚥的吃了飯後，孫喆忍不住了，迫不及待的要和我交流交流。

「古兄弟，你知道九五殭屍事件嗎？」孫喆神秘兮兮的問。

「當然知道。」我嘆了口氣，只要涉及到會動的屍體，果然繞來繞去，仍舊繞不掉十多年前的那件震驚中外的故事。

他偷偷摸摸的拿出一部平板電腦，調出一些資料給我看：「你看看這個！」

我低頭看了一眼，這是九五年時，一篇登在舊報紙上真假不清的新聞。全文如下：

公安局接獲市民舉報，說春城西山發現有人盜竊千年古墓。

現場勘查後，發現這不像是盜墓行為，墓室內的陪葬品沒有移動過位的痕跡，但是棺體完全暴露。手機於當地信號正常，但音頻和波段異常。春城市刑警大隊的廖警官連撥幾次電話都不通，其手機內有刺耳異聲。

據當地農民反映，自從墓穴被掘開後，當地的收音機、錄音機等，夜間偶爾發出怪聲。農民劉福田錄下了怪聲並提供給廖警官。經技術處法醫科的李副科長判斷，聲音類似於人類胸肺氣壓不足時哮喘或悶嘔之聲。

廖警官聯繫到市文物局，由春城文物局通知省文物單位出面。由陳副處長為首組成組織的文物考察工作組於九月二十一日二十點五分到「老百年亂墳崗」。

節錄文物工作人員記錄的有關情況：

1.被掘開的古墓有兩口棺材，靠右的一口棺材已被撬開，屍體被盜；經確認，掘墓時間發生於五日之前。這使文物專家們頗為費解：盜墓賊不偷文物古董，卻只把屍體挖出來在太陽下曝曬。

2.兩口棺材都為石棺，這明顯不符合當地人墓葬用木棺的習慣，幾千年來在當地還是第一次發現有人用石棺。如果說木棺材造價貴，邏輯上則有不符之處，因為當地漫山遍野的樹林，木材取之不盡。

3.棺內一具乾屍形態怪異，且百年不腐。乾屍的內臟並未被取出（木乃伊的製作，首先得將屍體內臟取出，以藥物香料填滿腹腔胸腔以防屍體腐敗，然後再用藥物浸泡過的布巾將屍體從頭到腳裹得密不透風）。南充發現的這具古屍並未採取任何防腐手段，當地地理氣候也非沙漠乾燥之地，古屍竟保存非常之完好，五臟六腑俱全，皮膚仍有彈性，毛髮健在，眼皮乾捲而眼球及角膜保存完好。

4.最讓文物工作者們感到「無法理解」和「前所未見」的是：古屍全身被九條結實的帆布寬繩綁著，這種綁法並非製作木乃伊時的隔絕空氣防腐的裹屍法；屍體並未全封閉，頭部露出，這明顯不是以防腐為目的，更像是刻意捆綁屍體而使它不能行動。

更讓村民毛骨悚然的是：古屍全身被塗上一層糯米，額頭上貼著一張黃色的符紙，棺材封口也是糯米混石灰，稍有些經歷和見識的農村老人都迷信地認為，糯米、道符、捆屍，都與殭屍有關，再加上這古屍百年不腐。村民們當即就開始恐慌和騷動，弄得人心惶惶。這裡迷信風氣相當嚴重，已影響到文物工作者正常的考察。

乾屍的發現，具有重大的考古和科學研究價值。但是，文物局有關專家到來後，當即組織人焚燒了乾屍。這樣的處理方式引起了考古學界和研究院的不滿，有不少專家斥責了這樣的破壞文物的行為。南充市文物局焚燒乾屍的原因不明，有關負責人劉副局長以及負責現場考察的陳副處長等十人失蹤，至今下落不明。

「你這篇年代久遠的新聞，早就被政府證明，是有人刻意造謠，引起恐慌的新聞了。」我看完後，將平板電腦推開，嗤之以鼻。

孫喆撓了撓腦殼，大吃一驚：「這是假的啊，我還以為自己挖到了寶貝新聞說。」

這天然呆，到底是有多呆啊。這新聞通篇用語都和正規新聞稿不符合，甚至相去甚遠。大量的使用杜撰和曖昧詞彙，明顯是在作假。任何稍微讀過書的正常人用膝蓋想，都能辨別出真偽。

顯然被打擊到信心的孫喆，遲疑的又在平板電腦上調出一組資料，畏畏縮縮的問：「那老古兄弟，你看看這個。該不會也是假的吧？」

我不信任的看了他幾眼，最後還是再次將電腦拿過來。可是就這麼不經意的一看，我整個人都呆住了，滿不在乎的表情迅速斂掉，只剩下無比的震驚。

「該死，孫猴子，你這些照片，都是從哪裡弄來的？」我的聲音在發抖。

孫喆被我的表情嚇了一大跳：「怎麼了，怎麼了？我是從醫院檔案館裡找到的。」

「你全家的仙人板板，醫院檔案館裡能找到這種東西。」我激動到學著他爆了句四川話粗口：「簡直是你媽的扯眉毛蓋眼睛，蓋都蓋不住的陰謀味道啊！」

「啥子，有陰謀？」孫喆再次被我給弄傻了。

我沒再理會他，而是認真的看起這一份所謂從醫院檔案館裡找到的資料。

第一眼看到的，就是孫喆翻拍的一連串照片。

這些照片都很老舊。人物大約有六個，全都身著幾十年前的國民黨軍裝。最令我驚訝的是有些照片簡直難以置信。

例如第三張，有個國民黨軍官指揮著一隊軍人在山坡下挖坑，不遠處堆滿了橫七豎八的屍體。每一具屍體的頭部和心臟位置都有被槍擊的痕跡。甚至有些屍體被子彈打得破爛不堪。軍人們一邊挖坑，一邊在坑底撒上石灰粉，然後再把周圍的無數屍體扔進新挖好的坑中。

另一張照片似乎是個墓地，有個穿著秦朝破爛官服的屍體僵硬挺直的站在地上。背景是某個荒山腳下，墓地群此起彼伏。不過看照片中的墓碑，也不過是附近村民的集中安葬區，完全不知道這具秦朝屍體是從哪裡來的。屍體雙手筆直的伸直，和胸口垂直，面容枯槁，幾乎沒有肉。醬肉色的皮膚乾癟的貼在有些萎縮的骨頭上，模樣可怖。

一絲陽光照在它身上，隱隱有白色煙霧蒸發了出來。拍攝者的前方，幾十個軍人抬著槍對它射擊。雖然照片是靜態的，但還是可以看出在場每個人都惶恐不安，怕得要命。

其他的照片就沒有太多值得注意的地方。有的是閱兵式、有的是國民黨在蜀地軍區的風景照。

迅速將其看完，我沉默了半晌。第三張和第七張照片很令自己在意。照片是掃描的，透過孫喆清晰的翻拍，仍舊可以判斷出這兩張照片屬於同一時間。從衣服判斷，事件發生在民國時期的四川。

可，為什麼會有那麼多人被擊斃後掩埋？那個會站立的秦朝屍體是怎麼回事？怪了！怪了！這些被擊斃的屍體，這個秦朝古屍，怎麼依稀和記憶中一些東西十分的吻合？

「這些照片，每一張都不簡單！」我皺著眉頭，陰沉著臉，「肯定是有人偷偷塞進你們醫院的檔案館，故意讓你發現的。否則一個地方的小醫院檔案館，怎麼可能出現如此珍貴的文物級照片！」

民國遺留至今的照片，早在幾十年前的文革時期，就被燒毀得差不多了。國內保存下來的極少，更何況這一類帶有典型封建迷信色彩的老照片。如果不是有人從國外帶回來，我幾乎不知道，它究竟要藏在哪裡，才逃得過文革之劫。

奇怪，這些被擊斃的屍體，這個秦朝古屍，怎麼和記憶中一些東西十分的吻合？

越想記憶越是清晰，最後，我整個人都呆在了原地。

對啊，九五年的殭屍事件有許多種流言蜚語，和這些照片竟然能一一對應。其中傳言之一，說春城市考古隊在武侯祠附近挖到一座古怪的清朝古墓，裡邊有三具長著白毛的古屍。由於監管出了點差錯，一夜之間三具古屍居然不翼而飛！幾天後，春城周圍流傳著有殭屍在夜間出現，被人看到的傳言。

再看第七張照片，雖然是個現代墓地，但是那具穿著秦朝官服的直立屍體十分礙眼。普通人其實是分不清楚清朝官服和秦朝官服有什麼不同，從前香港殭屍片拍了許多，全是清朝殭屍滿銀幕的跳來跳去。大部分人會下意識的覺得，那就是清朝屍體。以訛傳訛下，或許一具秦朝屍體就變成了三具清朝殭屍，還扯到了武侯祠附近。這張照片上，說不定部隊裡的國民黨軍人還真的以為遇到了殭屍，否則為什麼慌亂的開槍射擊？我冷靜的打量照片中央的秦朝古屍，它的腿有些萎縮，官服已經成了大塊的布片，破爛的懸吊在身上。就算中了槍也只是不停地抖動，沒有倒下去。

這很正常，數千年的歲月，已經讓屍體的內部腐朽不堪，猶如將紙片折疊幾下立在桌子上，用氣槍射擊，它同樣不會傾倒。因為速度太快，動能沒有留在紙片上。

而秦朝屍體為什麼會站立，可能也是因為被掩埋的原因。有一種墓穴叫做「蜻蜓點水」，風水先生會在屍體的腿骨中灌入水銀，然後直立著放入棺材。棺木也會順著地心引力垂直放置。久而久之便會令內部的屍體頭輕腳重，成為不倒翁。就算出棺後，也會直立著不容易倒。

結果挖出屍體的人，反而會覺得遭遇屍變，自己將自己嚇得夠嗆。

殭屍事件流言二，殭屍專咬人頭，沒被它們當場咬死的人過一宿也屍變了，還咬了警局的法醫。最後事情越鬧越大，終於驚動了駐春城的部隊，軍隊領導出動一整排的化學兵，用火焰噴射器燒死了大部分的殭屍。

這倒是能夠對應第三張照片。雖然照片中的時間點是在民國，但情況何其相似。民國時期曾經有記載，也爆發過瘋豬病，死了許多人，部隊掩埋的肯定就是得病死去的屍體。但是，為什麼每一具屍體的頭部和心臟都有槍擊的痕跡呢？

我用手撐著下巴，很是想不通。

但毋庸置疑的是，孫喆和我一樣都被某個人給盯上了。盯住我的是周偉七人背後的推手。盯上他的，是令李進屍體復活的神秘養屍人。現在出現的這一組照片，極有可能提供了最有力的證據。

影子推手和神秘養屍人，真的是同一人。他目的未知的躲藏在春城的陰暗角落，咧開陰險的笑容，看著周偉他們和我們自相殘殺。而且時不時的在我以及孫喆陷入思考瓶頸後，立刻不懷好意的送上些推波助瀾的訊息。

那個混帳傢伙，他的真正目標，會是我在詭異洞穴中找到的小包裹嗎？不對！或許他的目的沒那麼簡單。

唉，再也不能遲鈍的等著挨打了。必須先把這混蛋給揪出來才行！

孫喆雖然有些天然呆，但是絕對不傻。被我點破後，他想了許久，才開口道：「老古。你說，你背後和我背後的人，會是同一個嗎？」

「百分之九十九。」我撇撇嘴。

「那我必須要把他給找出來。」孫喆苦笑：「我的時間，已經不多了。」

我頓時眉頭大皺：「你剛剛就提到自己身上出現了詭異的事，你究竟怎麼了？」

孫猴子嘴邊的苦澀感越發濃烈：「你自己看。」

說完，他小心翼翼的看了看左右兩邊，然後一把掀起了自己的T恤。我詫異的打量過去，只看了一眼，就感覺一股噁心從剛塞滿的胃部向上湧，險些吐了出來。

孫喆身上真的發生了不得了的大事。難怪他說自己的時間不多了。難怪！真的是太觸目驚心了！

他肚子上，插著數根黑乎乎的東西，看不出來到底是什麼。但是那東西極為纖細，只有幾公分冒出孫喆的皮膚外，其餘的不知道深入了他的肚皮裡多長。不仔細看，還以為那黑色纖維是從小就生長在他肚子上的。

順著黑色纖維插入的位置細看，發現猶如大樹將周圍的營養都吸食光了似的，孫喆的皮膚詭異的塌陷了下去。就彷彿纖維下邊的皮下組織、脂肪和肌肉，都沒有了。光是看都覺得毛骨悚然。更別說當事人了。

「這究竟是什麼玩意兒？」我皺了皺眉。

孫猴子一臉痛不欲生：「砍腦殼的李進，它爆炸就自個兒爆炸吧。好死不死，在爆炸的瞬間，插在那龜兒子肚臍眼上的黑色頭髮，竟然飛了出來。那頭髮簡直就是暗器，不但藉著爆炸的威力如同導彈似的刺破了金屬櫃門，而且還隔著衣服刺入了我的肚子。

「那些漂亮的女護士在我昏迷時替我擦身體，一個個都笑話我長了很奇怪的胸毛，只有孤零零幾根。天可憐見啊，哥子又不是歐洲人，哪來的胸毛。」孫喆氣到咬牙：「直到出院後，我自己洗澡，才發現了這些異物。可是已經晚了，它們早就鑽入了我的皮膚，和皮下組織糾結在一起。我照過X光，那些頭髮纖維，甚至和我的小腸連接起來，不斷的吸食我的營養！」

「有沒有試著用鉗子拔過？」我一聽，頓時好奇起來。忍不住掏出瑞士刀，想用上邊的剪刀剪下一小截頭髮拿去化驗。

「哥子，別嚇我！」孫喆顯然被我的動作給嚇了一大跳，說話都不流利了。「剪不得！真的剪不得。我上次試過，鋒利的手術剪刀都沒將它剪斷，結果痛得差點要了老子的命。這些頭髮似乎把我的神經也一併連接起來了。」

「真這麼離奇？」我眨著眼，訕訕的縮回手。這東西真的是頭髮嗎？手術剪刀的材質，一般用的是 HRC68-70 鉻鉬合金鋼。這種合金的硬度眾所周知，高得離譜。但即使這樣，也無法剪斷孫喆肚子上的頭髮物質。這也太令人難以置信了。

如果它真的是頭髮，那到底是什麼生物的頭髮？地球上已知的自然生物的毛髮，沒有一種有如此硬度和堅韌度。更何況，它還能在進入人類後，如種莊稼般生長，探出觸手將人類肚子裡的臟器與神經連接起來。

越想，我越覺得頭痛，隨著真相知道的越多，自己就越覺得恐怖。總感覺事件的發展，早已經脫離了我的掌握，朝著完全不熟悉的陌生可怕領域前進。我根本無力抵擋！只能隨波逐流！

可我是個甘願隨波逐流的人嗎？不，絕不！哪怕只有一丁點渺小的希望，老子也要抓回主動權來！

我一咬牙，突然問：「孫猴子，你覺得這些毛髮會不會是那神秘養屍人插入李進屍體中的？作用是控制屍體。或者它才是驅使李進屍體變異，動起來的罪魁禍首？」

「這個猜測……」孫喆頓了頓，「我也想過。但是，留給哥子的時間，真的不多了。這些東西進入我體內，已經過了八天。每一天，我都能感受到能量在流逝。身體內的血液、營養、肌肉、神經都和頭髮聯繫得越發緊密。老子害怕，老子怕得要死。」

我看了他一眼，「你是怕，總有一天會變得和李進屍體一樣，變異成行屍走肉？」

「不是怕，而是真的會變成那鬼模樣！」孫喆苦笑，「日子一天一天過去，那種感覺就越明顯。你看！」

說著，他拿出一把折疊的水果刀，在手指上劃了一下，他似乎沒感覺到痛，甚至沒有皺眉。殷紅的血，過了十多秒鐘才流出來。兩公分長的整齊傷口，總共才慢吞吞的流出了兩三滴，血液黏性十足，孫猴子用了好大的力氣，才將它甩在桌子上。

一接觸到桌面，看顏色就不怎麼新鮮的血液，居然在我眼皮子底下迅速凝結成了果凍狀的物體。

我頓時倒吸一口涼氣。這、這景象實在是太嚇人了！

「你的血小板，似乎在血液裡開始不斷死掉。」我好半天，才憋出這句話。孫喆血管內的血液，並沒有變濃稠。只有血小板不正常的凝結，才能解釋發生在他身上的怪事。

「不錯，血液裡似乎有某種化驗不出來的物質，不停的攻擊血小板。本來用來堵傷口的血小板不停死亡，堆積在我的血管裡，造成血液變黏。」他從肚皮上那些詭異頭髮插入的位置，一直比劃到了心臟，「如果這些血到了這裡。我就死定了！」

我艱難的吞了口唾沫：「那你估計，自己還有多長的時間可以活？」

「不多，最多還剩八天！」孫喆的臉色黯淡下來，顯然覺得獲救的希望渺茫。

我倆不由得陷入了沉默中，誰都沒有說話。就這樣各自發呆了接近半個小時。終於我打破了沉默，「你想活命也不是那麼渺茫。」

「真的？」孫猴子頭一抬，緊張的看著我：「老古，哥子，大爺，英雄！如果真救得了我，老子這條命以後就是兄弟你的了。就算你要哥子我去男澡堂撿肥皂，我，眉頭都不會皺一下。哥子袍哥人家，絕不拉稀擺帶！」

「滾，死 gay！」我罵了一句。

孫喆眉毛都皺到了一起，彷彿被侮辱了，「我不是gay啊，真的。哥子只是長得有些清純罷了。」

「別跟我扯有的沒的。」我將逐漸扯遠的話題，扯了回來，「猴子，你知道養屍人最離不開的是什麼嗎？」

「屍體？」孫喆遲疑著回答。

我搖了搖頭，「這年頭，雖然流行火葬，但是屍體也並不是太難找。」

「那是什麼？」他猜不到了。

我將手中的咖啡猛喝了幾口：「是養屍地！」

如果陷害我的影子人，和養屍人真是同一個人的話。那只要找到了養屍地，就一定能找到

養屍人！

就在這時，我的手機突然響了起來。來電顯示是秦思夢的號碼，我拿起電話剛一接通，就聽到了校花急切的尖叫聲。

「小古，古塵！快救我。」秦思夢的手機麥克風裡，錄下了許多複雜的聲音。

「你要的監視影像有問題，我被跟蹤了！啊……救命！」

還不容我說話，電話的那一頭就被硬生生的掐斷，再也沒有了聲音。

我拿著電話，聽著刺耳到令人煩躁的忙線音。

整個人都傻了！

第十三章◆養屍地

秦思夢失蹤了，就在打給我之後，徹徹底底的失蹤了。春城秦家出動了大部分關係網，最終也沒有將她找出來。

我也是被秦家懷疑的對象之一，畢竟根據通話紀錄，自己是最後一個接到秦思夢電話的人。被警方前前後後盤問了一整天，我最終還是洗刷嫌疑，從警局被放了出來。

自己懷疑是周偉等人綁架了校花。但苦於沒有證據，而且第二天出了警局後發生的事情，更是令我措手不及。

周偉那七個人裡，昨天李昌已經死掉了。而今天晚上我一看報紙，赫然發現本地頭條刊登了一則新聞。在一輛租來的車中發現了三具屍體，那三個人的名字，自己極為熟悉，正是張曼、孫斌和錢東。他們死得很慘，也很詭異。

據報導，警方甚至查不出他們的死因。三人身體裡的血液全被抽空了，剩下的血也凝固得像是橡皮泥。他們身體僵硬，沒有腐爛的跡象。但是內臟卻化成了一灘骯髒臭味熏天的液體，就如同生前喝入了某種具強烈腐蝕性的物質。

這些物質警方同樣沒有化驗出來，他們甚至不清楚，張曼三人的具體死亡時間。

通篇報導看完，我整個人只感覺到一股陰森森的寒意，陷害我和秦思夢的七人中，只剩下周偉、張明、李欣還活著。等自己當晚去找他們時，居然又一次驚訝了。

這三個傢伙全都失蹤了。最詭異的是，無論李欣，張明還是周偉，他們各自的租屋裡都有收拾行李的痕跡。可匆忙打包好的行李仍舊還留在屋中，人卻詭異的不見了，不可能逃走時不帶行李的，否則為什麼還要特意打包行李呢？

難道說，他們三人在打包行李準備落跑的過程當中，不約而同的遇到了某些不可抗因素？

我想不通，完全想不通！但是該做的事情，終究還是必須一步不停的繼續。自己強自將周偉等人死的死，失蹤的失蹤的不安感壓下。心裡只剩下沉甸甸的難受。關於他們的死亡和失蹤，總覺得背後有一隻超自然的黑手。

神秘養屍人，那個幕後影子，似乎想在我身上得到些什麼。一切的一切，都需要我去面對。

自己，真的有這個能力？

極度的恐懼和迷茫，一直伴隨了自己整晚。再次見到孫喆時，已經是第三天早晨了，離他的血液徹底僵化，只剩下六天時間。

孫猴子開著一輛租來的破爛越野車，從駕駛座探出腦袋，極為風騷的衝我敲了敲車門：「老古，上車。」

我點頭後，拉開了副駕駛座的門，一屁股坐上去。座位破破爛爛的副駕駛座，頓時發出了難聽的「吱呀」聲。

「老古，你一大早打電話給我，讓我弄輛越野車。究竟是想幹嘛？」猴子疑惑的問。

我撇嘴，「朝東邊郊外開，要快！」

「至少給兄弟個解釋啊。」孫喆悶悶地說道：「你不是說，要去找那勞什子的養屍地？格老子的，我查了幾天的資料，硬是毛都沒查出來。」

「你要能查出來，母豬都會爬樹了。養屍地難找是出了名的。」我一邊督促他開車，一邊緩緩道：「何況，你知道什麼是養屍地？」

所謂的養屍地，較為科學的來說，就是土壤土質酸鹼度極不平衡，不適合有機物生長，因此不會滋生蟻蟲細菌，屍體埋入後即使過了百年，肌肉毛髮也不會腐壞。甚至有些數據顯示屍體的毛髮、指甲在養屍地中還會繼續生長。

古人認為人之血肉屬於人間，必須待其腐朽之後再做正式埋葬，死者靈魂入土後才能脫離屍身進入陰間後投胎轉世。

所以才有「入土為安」這一說法。

一般情況下，人的屍體埋葬在泥土裡很快就會腐爛。這是因為人體是由蛋白質、脂肪、碳水化合物和磷鉀鈣等組成的，屍體在土中因細菌分解開始腐敗，直到最後只剩下一堆白骨。

「別小看我，哥子還是查過些資料的。」猴子一臉欠揍模樣，「所謂『養屍地』它的土質相當陰寒，土色呈黑。如果是炙陽乾地，則只會讓屍體變為乾屍，因此懂得風水之人一般用地靈測其方位，或者簡單地用手指的觸覺甚至乾脆用舌尖嘗試泥土來判斷。

「屍體只要埋入『養屍地』，由於土地膠質黏性和酸鹼度極不平衡，閉氣性能良好，極不適應有機物的生長。因此，棺木不會滋生蟻蟲、細菌等，屍體埋入後即使百年甚至上千年，屍身肌肉毛髮等也不會腐壞。」

我冷笑一聲，「白癡，網上都能隨便查到的東西，你還真去信？養屍人需要的養屍地，和普通的養屍地不同，要更稀少得多。」

「又叫哥子白癡，哥子慎重聲明，老子只是單純而已。」孫猴子鬱悶的撓著腦袋，「話說，你又曉得啥子是養屍人需要的養屍地？」

「我當然知道，不然白看那麼多書了！」我沒管他，繼續說道：「從前養屍人都是透過各地的民間傳說來確認一個地方到底有沒有自己需要的養屍地存在。可是現在流行火葬，屍體都不存在了，詭異的民間傳說也沒有了市場，許多養屍人，也就斷了訊息來源。」

「所以說，你也不清楚那個混蛋的養屍地在哪裡嘛！」孫喆剛想嘲笑我，就被我打斷了。

「我從來沒說過我不知道。如果你隨便用腦袋分析，就能看出些端倪了。」我掏出一張地圖，在自己的大學旁畫了個紅色的圈，「二十多天前，李進被趙雪咬死了。而趙雪是一個多月前感染了某種疑似頭髮灰燼的黑色物質，才染上某種可怕的疾病，最終受不了折磨跳樓自殺的。

「期間李進當著我們的面，被屍變的趙雪咬死，之後它們倆都失蹤了。十多天前，才被警局發現，然後你替它相驗，最後李進的屍體居然也變異了。那麼，中間有幾個很明顯的疑點，需要分析分析。

「第一，趙雪的屍變，是不是也是個陰謀？有人故意在她老家的錢箱裡放進頭髮灰。但是，那人為什麼要如此做？第二，屍變的趙雪咬死李進後，帶著李進的屍體逃離，最後李進的屍體又被人在學校附近的府河橋墩下發現。

「這真的很怪異。我們已經清楚了，李進的屍變，背後是一個神秘養屍人在操縱。他將李進埋入養屍地裡，又在屍體肚臍眼上種入了某種生物的頭髮。但是，他是怎麼從屍變的趙雪手中得到李進屍體的？又是怎麼將屍體運到養屍地，然後又放回府河邊的？」

我的聲音頓了頓，幾分鐘後，才繼續說：「所有的事件裡，那怪異的頭髮居然貫穿了始終，究竟是什麼生物的頭髮，能有如此恐怖的超自然力量？還有，屍變後的趙雪與李進，或許真的被養屍人控制著，否則許多事情都說不通了。

「我們現在只能猜測，養屍人和周偉背後的人是同一人。既然是同一個人，那麼他對你，以及對我的兩個陰謀，恐怕基於同一個目的。雖然他的目的，我們暫時也完全猜不透。

「但是想要找到他養屍的地點，似乎也並不是太難。畢竟，春城附近早就沒有閒置土地了。一個人口密度大的城市，是不可能有適合的養屍地存在的。但是那個養屍地也不可能離春城太遠。所以我覺得，它應該就在城郊的某座山上。

「況且人力有窮盡，養屍人想將屍體合理的帶出城市，在現在管制嚴格的時代，只有一個辦法。」我舔了舔舌頭：「那就是開殯儀車！」

「殯！殯儀車！」孫喆渾身一抖，「該死，哥子果然沒你這傢伙厲害，咋個就沒想到。」

他皺了皺眉頭，「老古，你覺不覺得，既然那混帳能將資料放進醫院檔案館故意讓兄弟我發現，他不會就是我們醫院的人吧？」

我露出一絲笑，「你還算不傻，看了你平板上的資料後，我早就開始懷疑了。所以對你們醫院裡，能夠接觸到殯儀車的人都做了一番調查，最後疑點全部集中在這個傢伙身上！」

掏出手機，我調出了一個人的照片，孫猴子用餘光看了一眼，險些釀成車禍。

「該死，給老子開穩當點！」我嚇得大罵。

孫喆一臉吃驚，「居然是他龜兒子！」

「你認識他？」我將手機放在手心裡把玩。螢幕上是一個穿著黑衣的矮瘦男子，長相很醜，醜到慘絕人寰。但是除了醜之外，似乎就沒有特色了。陰鬱的臉，沒有表情的眼神。他的一切，都令人想要避之唯恐不及。

「我當然認識他，醫院裡恐怕也沒人不認識他。這傢伙算是醫院的老人了，從來不開腔，哪怕是院長，好像也沒聽他說過話。他恐怖得很，有傳言說這傢伙有戀屍癖，經常對屍體摸來摸去。」孫猴子語氣急促，氣憤得很，「老子和他無冤無仇，他幹啥要弄我？」

我提高了音量，「夠了，我也只是懷疑他而已，不一定是他，但是李進的事情，肯定和他脫不了關係。在李進死後第二天晚上，他開著殯儀車出了城，一直朝灌縣開去。這明顯有些反常，灌縣早脫離了你們醫院的送屍範圍。」

「何止！出了三環，就不歸我們醫院管了。怪了，老古，這些事情哥子我都不曉得，你是咋個弄醒火的？」孫喆詫異的看向我。

我聳了聳肩，「每個人都有每個人的消息來源。」

鬼的消息來源！雖然說得神秘，其實說穿了也就那麼回事。春城看似很大，上千萬人。但是歸結在一起，還是太小了。關係錯綜複雜，多打幾通電話，總會找到幾個在醫院做行政管理的朋友。

「我看肯定就是他了。怪不得每次路過他旁邊，老子就一身發冷，這龜兒子結果是個養屍人！」孫喆罵罵咧咧，已經將矮個兒黑衣人劃定為真凶了。

我卻不置可否。那個隱藏在背後的傢伙，一直以來都顯得極為聰明，他真的會犯如此低級的錯誤，留下把柄讓我逮住？

「既然你都懷疑他了，老古，你肯定曉得他去了哪兒。」孫猴子咬牙切齒：「把他找出來，讓他把我身上詛咒一樣的頭髮給弄掉，不然弄死他龜兒子。」

我沒回答他，反而是話題一轉，指著地圖上的一個地方，突然道：「猴子，知道灌縣郊外一座叫做卵石的小山嗎？山上有個很小的村子。那個村落名不見經傳，甚至在現代社會，都沒有通正規的公路，完全是與世隔絕。」

「不知道，哥子地理差得很。」孫喆有些急，「你幹嘛岔開話題？」

「別慌，聽我說完。那個村子叫茅坪村。很有趣，根據民俗資料記載，茅坪數千年的歷史中，有一個十分詭異的祖訓。村裡人至今都還嚴格遵循著祖訓。」

我將地圖再次展開。

「記得那個茅坪村，在這裡！」我聳了聳肩，慢吞吞的說：「而你看，趙雪的村子，在這裡！」

自己接連在地圖上畫了兩個圈。孫喆立刻驚訝了起來，「趙雪的亂墳村和你嘴裡的茅坪村居然只隔了一個山谷。」

「不錯。」我點點頭，「這塊山谷很奇怪，不是很大，但是無論亂墳村還是茅坪村，都有個怪現象。兩個村子雖然相隔不遠，只需要穿過山谷就可以互通有無了。可是山谷裡沒有路，兩個村子的人千年來也沒有在山谷中開路的打算。村人寧願繞幾座山，也不願意穿過這個不太大的山谷。」

我在兩個村子之間的山谷上畫了一個圈。山谷真的很小，方圓不過兩公里罷了。就是這兩公里，變成了隔絕兩個村子的天險。

「你不覺得奇怪嗎？無論怎麼看，都覺得有疑點。人類對最短距離總是很執著，否則也沒有愚公移山的故事了。但是這兩個村子的人，為什麼一定要捨近求遠，翻山越嶺，而不願意走這條路明顯平坦的山谷呢？」我反問孫喆。

孫喆沉默了半晌，「茅坪村的祖訓是什麼？」

我滿意的對他豎起大拇指，「那個祖訓其實只有一條，很簡單的一條。村外那塊山谷谷地絕對不能埋活屍。違反者全家，必將被村人凌遲處死！」

「我懂了！老古！」孫猴子的眼睛一瞇，額頭上的冷汗頓時冒了出來，「那塊山谷就是養屍地？」

我一拍他肩膀，「懂了還不快開車。目標，茅坪。都叫你弄一輛好點的越野車了，這麼破，真不知道開山上土路，它撐不撐得住。」

孫喆乾笑兩聲，一聲不吭的踩下油門。養屍地確定了，下一步就是找到養屍人。這白癡第一次覺得，活下去的希望如此之大，彷彿伸手就能抓住。

人要能活，誰願意死呢。他雖然大大咧咧、天然呆，但仍舊是怕死的。

我倆沉默的各自想著心事，車足足開了一整天，才險之又險的開到了茅坪村裡。剛到村口一棵大樹下，破爛的越野車不出意外的，拋錨了。

太陽的最後一絲餘暉消失在山頭背後，窗外滿是冷颼颼的風吹拂過來，還沒下車，猴子就猛地打了個冷顫。

「格老子，好陰冷的地方。」孫喆罵了一聲，看向我。「老古，下一步該怎麼做？」

「車不要了，事後找租車公司拖走。我們先找旅館住下。」我沉吟了幾秒：「如果這鬼村子真的有養屍人，那麼肯定會露出些蛛絲馬跡。養屍地嘛，暫時先別去。」

「聽你的。」他見我準備下車，立刻鬼鬼祟祟的摸了一個黑漆漆的布袋子遞給我，「這東西，你拿著壯膽。」

我掂了掂，很沉，臉色動容起來：「猴子，你哪弄來的手槍？」

「黑市買的。這玩意兒不保險，估計開幾槍就會走火，自己小心點。」孫喆笑嘻嘻說。

「下車吧。」我沒再囉嗦，檢查了子彈，將手槍小心翼翼的塞進褲兜裡。

兩人下了車後，整個村子已經陷入了夜色中。沒有路燈的茅坪看起來鬼氣森森，還沒等我們走進村口，就看到一大堆村民手裡拿著手電筒火把，叫叫嚷嚷著朝村外走去。

火把光芒照在村民的臉上，每個人都流露出遮蓋不住的恐懼。

「糟了！看來茅坪村出事了！」孫猴子眨著眼，有些不知所措。

我搖著腦袋，大手一揮：「別說話，走，偷偷跟上去。」

村裡人很多，大約數百個。鬧哄哄的亂成一團，彷彿天要塌下來了一般。我們默默的跟在人群之後，不遠不近，混亂的村民們一時間也沒發現我們倆。

反而跟久了，從村民亂七八糟的對話中，自己倒是整理出前因後果來。

原來不久前，茅坪一戶很窮的李姓人家，他家女兒突然暴斃了。李父悲痛欲絕，但是自家又沒有留墓地的農地，更沒有錢送去火化。

實在沒有辦法的老李偷偷在村外一塊村中長輩代代口耳相傳，絕對不能埋活屍的山谷谷地深處裡挖了個坑，將女兒的屍體給葬了。從此之後，整個家就不安寧起來。突然有一天半夜，老李聽到堂屋中有人活動的怪異聲音，但是拉開堂屋門，卻一個人影都看不到。

只有大開的正門外，在不斷往裡吹著冰冷的風。

老李確定自己睡前已經關好了門，那大門究竟是誰打開的呢？

小村多迷信，一來二去，每晚如此，這件詭異的事情就在鄉里鄉親中傳開了。村長聽到後，大吃一驚，連忙到了老李家，責問他是不是擅自將女兒屍體埋在村外的那塊谷地裡？

「您怎麼知道？」老李大惑不解。

「白癡，你娃娃是闖禍了，闖了大禍了！」村長額頭上冒著冷汗，一直往地上滴，「埋了多少天？」

老李見村長著急，只好回答：「差不多有四十天了吧。」

「四十天！四十天，你媽的老李，你耳朵聾了，祖上都說過那塊谷地上，絕對不能埋活屍！」村長不敢耽擱，甩下一句話就走，「今天晚上，找陰陽先生。你跟我一起去那塊髒地！」

陰陽先生在迷信思想重的小村莊就是天。特別是在祖訓如此詭異的茅坪更是如此。

整個茅坪只有一個陰陽先生，姓周。周家是陰陽世家，代代相傳，關於山谷谷地的忌諱清楚得很。一千年來，據說正是周家的傳承，才令茅坪與那塊鬼地相安無事。但是一旦破了禁忌，究竟該怎麼處理，最終還是周陰陽說了算。

那個周陰陽大概五十歲，曾經有過兒女，但都已亡故，他也瞎了隻眼睛。為了不斷香火，將茅坪禁忌繼續傳承下去，他在村裡過繼了一個八歲的繼子。八歲男孩在有儀式時，會當他的助手。

急匆匆趕到周陰陽家的村長連忙把李家埋活屍在山谷谷地的事情說了一遍，本來還鎮定的喝茶水的周陰陽，嚇得一口熱茶噴在了村長臉上。

「操蛋的龜兒子老李，他瘋了！四十天，居然瞞了四十天！」周陰陽在堂屋裡急得團團轉，一邊轉一邊掐指計算，「格老子，要遭！要遭！他老李怕是要把我們全部害死！」

「我也覺得最近的村子不太平，經常有人說豬狗和雞鴨被人偷走。可村裡人就那麼幾個，知根知柢的，哪家偷的心裡都有數。」村長見周陰陽臉色不妙，頓時更加不安了，「我查了好幾個有小偷小摸習慣的娃兒，他們根本沒偷過。你說那些被偷的畜禽，會不會和這件事有關？」

周陰陽臉上的急色又變了幾變，「老么，你白癡啊。村子裡這麼大的事，居然一直沒跟我說。早說了，老子早就開始懷疑有問題了。」

他看了一眼天色，只見落日已經西斜，天邊的火燒雲紅得像血，殷紅可怖，完全是不祥的預兆！

「不得行了，今晚太陽一下山。老么，你給我集齊村裡所有……」周陰陽又是掐指一算，「所有屬豬、屬雞、屬狗、屬龍的二十歲到四十歲男子。今年馬年，這些人都是陽氣最旺盛的。希望能壓得了那個被埋在污地的李家女娃的凶厲陰氣！」

「狗子，給爹準備傢伙。手腳俐落點！」

周陰陽對繼子吼了一聲，八歲的小傢伙連忙跑進了桃屋中，準備起老爹的祭祀工具。

看到村長跌跌撞撞的跑去召集適合的村民，周陰陽一直站在窗口邊上，用剩下的那隻眼看著逐漸下沉的太陽。許久也沒動。他心裡慌得很，右眼皮不停地跳。

左眼跳財右眼跳災，難道，最近會發生什麼可怕的大事？

你媽的混帳老李，他咋個就忘了老祖宗的祖訓？哪一次在谷地上埋活屍有好下場了？該死，整個村子的人，恐怕都要被他給害死囉！

於是太陽剛一消失在山巒之間，數百個適齡男子就在村長和周陰陽的帶領下，急匆匆的朝村外那塊山谷谷地趕去。

谷地在村子的東邊，隔著很遠一個小山崗。我和孫喆一直不緊不慢的跟在村民們後邊。踩著村子的泥巴路，剛過了小山崗，一切都變了。

山崗背面荒草叢生，沒有任何莊稼，甚至沒有人類的氣息。這讓我覺得很不正常。如果只是村民對這塊谷地的畏懼令人從來不到這兒來。那麼鳥兒、以及蟲子呢？

不錯，山崗猶如陰陽嶺，在山頂將一切生機都割開了。丘陵朝人類居住地的一面尚且還有許多大樹和灌木，但是另一面，就只剩下命賤的野草。大型灌木一棵也沒有。

越是往前走，草越是稀疏。沒過多久，就連蟲鳴和鳥叫都消失得乾乾淨淨，彷彿整個世界，只剩下百來個村民以及偷偷跟蹤的我們，是唯一活著在動的生物。

四周，寂靜得厲害！

我皺了皺眉頭，從地上抓起一把土聞了聞，「怪了，明明是上好的沃土，怎麼會不長草？」

抓在手心裡的土黑漆漆的，很有營養，也沒有重金屬超標的異味，土香十足。可是這種上好的土，卻偏偏寸草不生。怪了，實在是太怪異了！

又跟著他們走了段不短的距離，終於舉著火把和手電筒的村民停了下來。

「就是這裡了！」老李指著一塊明顯用鏟子翻過的土地，聲音嚇得發顫。

彷彿埋的地方是一條界線，一踏過這條線，明明是同樣的土，卻完全孕育不出生命了。陰冷的風吹得很響，就像是無數陰魂在慘嚎！

周陰陽一看地方，頓時鬆了口氣，「還好，你龜兒子還算是有點腦子。沒有把活屍完全埋進污土裡。」

老李埋屍的地方，正是介於有草和沒草的交界線上。

「老古，活屍究竟是啥子。咋個那瞎子一直都在說？」猴子偷偷問我。

我小聲回答：「活屍的意思是完整的屍體，而且剛死沒多久，還沒腐爛。這種屍體，無論在哪種養屍地都是禁忌，埋下去絕對變殭屍！」

「真有那麼玄？」他縮了縮脖子。

我冷哼一聲：「所謂的殭屍，也不過是歷經很久歲月，在一定的濕度和平衡環境中，造成不腐罷了。人類對死亡有天生的恐懼，所以看見挖出的屍體沒爛掉，就怕了。以訛傳訛，自己嚇自己！」

沒等我繼續說下去，周陰陽已經吩咐村民挖坑。沒多久，李家女兒的屍體就被挖了出來。她裹著一層油布，連棺材也沒有，就那麼扔在坑中，可想而知老李家到底有多窮，連個像樣的喪禮都無法為女兒舉辦。

老李沒敢看女兒屍體，正要哭就聽到耳朵邊上響起眾人此起彼伏倒吸冷氣的聲音。

「咋個，咋個會變這樣！」周陰陽渾身一抖，面無人色，險些嚇得一屁股坐在地上。

見所有人都恐懼到臉色大變，我也伸長了脖子，卻什麼都看不到，不由得掏出兩個夜視望遠鏡，其中一個遞給了孫喆。

「還是兄弟準備得充分。」猴子讚美了我一聲，接過望遠鏡，只看了一眼，就嚇呆了。好久才緩過勁兒，全身不停的發抖，「不可能啊，才埋下去四十天的女娃娃。咋個可能變這副模樣。這、這你媽的還是個人？」

透過望遠鏡，自己能清晰的看到李家女娃的屍體模樣。只見她的屍體不但沒有腐爛，而且還跟睡著了差不多，面色紅潤，身上的所有寒毛和頭髮都變長了，很長，而且呈現詭異的褐色。她的雙眼凸出，就像眼窩裡塞進了兩個乒乓球，恐怖得很。

最可怕的是，屍體的皮膚有無數縱橫交錯的紋路，彷彿瓷器將碎而未碎時，表面呈現的裂釉紋路。只是瓷器的裂釉是一種美學，而屍體上的裂釉紋路，卻是一種可怕的景象。

甚至是一種危險的預兆。

李家女娃的手指甲幾乎長到了接近一公尺，彎曲的指甲亂七八糟，但是並不脆弱。村民挖她出來時非常粗魯，但是那些可怖的指甲完全沒有被碰斷，甚至還有幾根深深刺入了身下的堅硬黑土中。

可見那些怪異指甲到底有多鋒利堅硬。

一切的一切，都令我不安。我抬頭，看了幾眼冉冉升起的月亮。剛從山邊冒出頭的月，居然抽出一絲光芒，灑在這片山谷谷地上。地面接觸到月光，頓時冒起一層光暈，像是瀰漫了淡薄的霧氣。

我皺了皺眉，心中的彆扭感更加強烈了。

「綠毛鬼，再這樣下去，她會變成綠毛鬼的！」周陰陽大驚失色的叫喚著：「快架起火把，把這個女娃的屍體燒掉！」

突然，我心裡一驚！綠毛鬼？為什麼陰陽先生不說便殭屍，而是說綠毛鬼？

我抬起頭，猛地看向孫喆，嘴唇越發的乾澀，「我記得看過一篇民俗論文，上邊提及養屍地和養屍人的共存關係。論文作者說，養屍沒那麼邪門，按照一定的風水學說的話，就是養屍人找到一塊不普通的地。地性陰，屍體按照一定的方式葬在合適的位置，更有上佳的養屍地，隨便找個地方一埋都能造成千年都不腐爛的狀況，而屍體會保持剛剛死掉的模樣。

「但是在這種地方埋葬的屍體有種特殊的氣味。很濃重的腥味，但是不臭。而養屍人正是憑著那股子氣味，來判斷是不是自己需要的土地！」

我再次抓起一把土，湊到鼻子邊上聞了聞，甚至放了些進嘴巴裡嚐嚐，「這裡的土沒有腥臭味，甚至沒有任何泥土的味道。怪了，太奇怪了！」

猴子疑惑的看著我，「老古，你什麼意思？」

「沒什麼，我就是心慌得很。總覺得會出什麼事！」我搖了搖腦袋。

不遠處，村民們已經在李家閨女的屍體上灑了火油，正準備焚燒屍體時。異變突生，李家閨女乒乓球般大小，凸出眼眶外的眼睛，竟然轉了一轉，然後身體一曲，從地上僵硬的跳了起來。

一邊跳，皮膚上裂釉似的紋路，不停地往下掉落，露出了皮膚下，淡淡的血紅顏色。

「屍變了！屍變了！」村民大驚，紛紛恐懼的逃跑。周陰陽咬緊牙關，想要將手裡的打火機扔過去，點燃李家閨女身上的火油。但是屍變的李家閨女一跳，竟然跳出了五公尺遠。

它手一揚，一把抓住了周陰陽的臂膀，輕輕一扭。周陰陽慘叫一聲，拿著打火機的臂膀竟然就這麼被扯了下來。變成怪物的李家閨女張開嘴，露出了長長的獠牙。

獠牙在月光下，散發著冰冷的光澤，最後深深的刺入了周陰陽的脖子深處。

周陰陽以肉眼可見的速度塌陷，他全身的血液在幾秒鐘內就被吸食得乾乾淨淨，然後那怪物，扭動可怕的眼珠子，竟然直直的朝我和孫喆躲藏的方向看過來。

我渾身一抖，大驚失色。

不對，自己總算是想到哪裡不對了！

這塊黑色的土地，看地勢，似乎無論白天是陰是晴，只要晚上有月亮，月光一定會照到這塊地面。你媽的，被陰了，這哪裡是什麼養屍地啊！

這可是比養屍地更加可怕，更加凶厲的，那個東西！

「快逃，這絕對是個陷阱。」我大喊一聲，再也顧不上隱藏行跡，拉著猴子拔腿就跑。

可是，似乎已經晚了！

只聽到背後風聲一起，後腦勺突然遭到了重重一擊。

自己頓時暈了過去……

尾聲

當自己從昏迷中醒來時，發現我似乎在一個古怪的墓穴裡，孫喆早已不知道了去向。我想要觀察四周，摸了摸，身上的手機居然還在。

藉著手機的光，赫然發現身旁竟然擺放著七口棺材。黑黝黝的，不知道歷史有多久遠的棺材。

我揉了揉仍舊發暈的腦袋，疑惑重重。自己居然沒死，被疑似殭屍的東西攻擊了，居然沒死？

那個屍變的李家閨女，明顯是被養屍人控制著，它沒殺我，卻將我埋進一個古舊的墓地裡，到底是想幹什麼？

正當我想要尋找出路時，突然身邊的七口棺材，同時發出了一陣刺耳的「吱呀」響聲，深深敲入的棺材釘紛紛飛了出來，彈得很遠。

棺材蓋從內移開，七隻乾枯，長著鋒利指甲的手。

從棺材中，探了出來！

The End

作者　夜不語
封面繪圖　Kanariya
總編輯　莊宜勳
主編　鍾靈
美術設計　三石設計

出版者　春天出版國際文化有限公司
地址　台北市信義區信義路四段458號3樓
電話　02-7718-0898
傳真　02-7718-2388
E-mail　story@bookspring.com.tw
網址　http://www.bookspring.com.tw
部落格　http://blog.pixnet.net/bookspring
郵政帳號　19705538
戶名　春天出版國際文化有限公司
法律顧問　蕭顯忠律師事務所
出版日期　二〇一五年六月初版
定價　170元

總經銷　楨德圖書事業有限公司
地址　新北市新店區寶興路45巷6弄6號5樓
電話　02-8919-3186
傳真　02-8914-5524

夜不語作品 02

鬼骨拼圖：陰城血屍

國家圖書館出版品預行編目資料

鬼骨拼圖：陰城血屍 ／ 夜不語 著.
— 初版. —　臺北市：春天出版國際，2015. 06
面；　公分. —（夜不語作品；02）
ISBN 978-986-5706-71-5（平裝）
857.7　104009406

ISBN 978-986-5706-71-5
Printed in Taiwan

鬼骨拼圖

Ghost Bone Puzzles

鬼骨拼圖

Ghost Bone
Puzzles

鬼骨拼圖

Ghost Bone Puzzles

鬼骨
拼圖

Ghost Bone
Puzzles